DREAMBOOKS★

독공의 대가

권이백 신무협 장편소설

ORIENTAL FANTASY STORY & ADVENTURE

dream
books
드림북스

독공의 대가 3

초판 1쇄 인쇄 / 2014년 10월 27일
초판 1쇄 발행 / 2014년 11월 3일

지은이 / 권이백

발행인 / 오영배
책임편집 / 편집부
펴낸 곳 / (주)삼양출판사 · 드림북스

주소 / 서울특별시 강북구 솔샘로67길 92
대표 전화 / 02-980-2112 팩스 / 02-983-0660
편집부 전화 / 02-980-2116 팩스 / 02-983-8201
블로그 / blog.naver.com/dreambookss

등록번호 / 제9-00046호
등록일자 / 1999년 3월 11일

ⓒ 권이백, 2014

값 8,000원

ISBN 979-11-313-0129-6 (04810) / 979-11-313-0126-5 (세트)

* 지은이와 협의하에 인지는 생략합니다.
* 잘못된 책은 구입한 곳에서 바꾸어 드립니다.

이 도서의 국립중앙도서관 출판시도서목록(CIP)은 서지정보유통지원시스템홈페이지
(http://seoji.nl.go.kr)와 국가자료공동목록시스템(http://www.nl.go.kr/kolisnet)에서
이용하실 수 있습니다. (CIP제어번호: 2014030565)

毒功大家

독공의
대가

3

권이백 신무협 장편소설

ORIENTAL FANTASY STORY & ADVENTURE

dream books
드림북스

독공의 대가

목차

第一章

후속 처리

일을 벌이게 되면 처리를 해야 하는 것은 당연했다.

당장에 귀찮다고 하더라도 후일을 생각하면 지금 움직여 두는 것이 앞날이 편하기 때문이다.

지금 귀찮음을 감수하고 후에 귀찮은 일에 대한 이자가 붙지 않기 위해서라고 생각하면 되는 거다.

굳이 이번 일이 아니라고 하더라도 그게 세상 사는 이치기도 하고.

왕정은 그리 생각하면서 어떻게 일에 관한 처리를 해야 할지를 고민했다.

"우선 사천당가는 제가 가만있으면 딱히 건드리지는 않

겠죠?"

—당연하다. 소위 정파라는 것들이니 대놓고 밝히면 되려 더 덤벼들게다.

"이미 알고 있긴 했지만…… 뻔뻔하네요."

—허허. 그럴지도 모르지. 어쨌거나 이번 일 처리는 이화나 아영도 나서 주기 힘들겠구나.

"에…… 아무래도 무림맹에 사천당가의 입김이 전혀 없지는 않으니 그렇기야 하겠죠."

그녀들은 무림맹의 소속.

무림맹에 속한 자들 중에서는 당연히 사천당가 사람도 있기 마련이다. 무림맹 자체가 정파의 모임이니 당연한 이야기다.

그러니 전에 산적 일에 관한 뒤처리는 아영이 해 주었지만, 이번 일만큼은 자신이 해야 하는 상황이 된 거다.

"귀찮기야 하네요. 나중에 어떻게든 이자까지 톡톡히 받아낼 겁니다."

—아무렴. 내 손주의 목을 노렸는데 이자 정도가 아니라, 멸문을 시켜야지!

"에이…… 그거까진 너무 멀리 간 거 같네요. 음…… 아닌가. 하긴 저를 죽이려고도 했으니…… 아, 모르겠어요. 이자의 범위는 좀 나중에 생각하자고요."

—그러자꾸나. 객관적으로 보았을 때 아직 능력이 있는 것도 아니니 말이다.

"예. 서글프지만 그러네요. 하지만 어떻게든 엮이면 복수는 할 겁니다. 꼭!"

우선적으로 살수들의 시체를 처리하면서도 무서운 이야기를 잘만 하는 왕정과 독존황이었다.

하기사 이런 굵은 신경이라도 없었더라면 많은 수의 살수들을 상대로 버텨 내지도 못했을 거다.

살인 그 자체가 주는 무거움이라는 것이 있기 마련이니까.

이번 살수와의 대전으로 승리를 함은 물론이고 정신이 무너지지 않았다는 것만으로도 왕정은 칭찬을 받을 만 했다.

"후아……."

시체 처리를 하는 것은 꽤나 고단한 일이었다.

특히 독에 죽어서 하룻밤도 되지 않은 사이에 썩어 뒤틀려 있다거나 어떻게 생성되었을지도 모를 진액을 뿌리는 시체들이란……

왕정의 화살에 당한 자들은 화살이 박힌 속부터 썩어서 겉은 멀쩡하긴 했다. 그나마도 독에 당해 거품을 물어서 얼굴을 놓고 보면 보기 좋은 모습은 아니긴 했지만.

이런 시체들을 치우는 것까지 마을 사람들에게 시킬 수는 없는지라 모두 왕정이 처리를 해야 했다.

이런 경우까지도 미리 예상을 했다.

그 예상에 맞춰서 앞으로 일주야간은 마을 사람들에게 잠시 출입 금지까지 시켜 놨을 정도다.

"정사대전이 일어나곤 하면 수천씩 죽는다는데…… 이건 백 정도 죽여도 보통 일이 아니네요."

─흘흘. 그래 봐야 한 번의 전투에서는 수백 정도가 많은 수다.

"그런가요?"

─아무렴. 아무리 구파일방이니, 사파의 종주니 해도 한 번에 동원할 수 있는 수는 한계가 있다.

"감이 잘 안 잡히는데요?"

독존황이 설명을 더한다.

─관의 눈치도 봐야 하고 신경 써야 할 게 많지.

"흐음…… 세상은 신경도 안 쓰고 지들 멋에 사는 거 같은 무림인들 치고는 신경 쓰는 게 꽤 많네요."

─사람이 모이면 다들 그렇게 되는 게다.

독존황에게서 세상사와 무림의 순리에 대해서 들으면서 시체들을 치우기를 한참인 왕정이다.

모든 일에 끝이 있듯이 왕정의 시체 치우기 일도 드디어 끝이 보였다.

미리 만들어 놓은 구덩이가 있어서 시간이 덜 걸린 것도 있긴 하다.

"이거 이대로 두고 시독 만들면…… 너무 비인간적이겠지요?"

―이 할애비가 생전이라면 했겠지만…… 네 녀석은 사람 시선도 신경 써야 하지 않겠느냐?

간접적인 말이긴 하지만 하지 말라는 소리다.

"에…… 뭐, 그것도 그렇겠네요. 그럼 일단 저 때문에 생긴 독들만 처리하고는 다 묻어야겠네요."

―그래. 그게 좋을 게다.

녹이는 것도 방법이지만, 후에 시체들을 녹였다는 것만으로도 당가에서 시비를 걸지도 모른다.

그러니 일단은 장례까지는 아니더라도 무덤은 만들어 주는 왕정이었다.

비록 자신에게 덤벼든 자들이긴 했지만 시체들을 처리하는 것으로 일차적인 문제는 해결이었다.

"흐유…… 오늘은 쉬자고요."

―그러려무나.

수련도 좋지만 오늘 같은 날만큼은 쉬어 줘야 했다.

전투가 끝나고 한숨 자둔 것이 있다지만 그것만으로는

부족했다.

정신적으로 무너지지는 않았다고 하더라도 심적 휴식은 필요했던 것이다. 이런 필요를 알기에 평소 수련을 독촉하기만 하던 독존황도 쉬게끔 해 주는 것이기도 했다.

전투를 치르고, 시체를 치우는 것까지로 일차적인 처리가 끝나며 고단했던 하루가 지나가고 있었다.

＊　　　＊　　　＊

다음은 이차적인 해결이 필요했다. 너무 조심스레 움직이는 것 같지만 다 해야 할 문제다.

"역시 이런 일에는 현령님이 최고겠죠."

―아무렴.

오랜만이랄 것도 없다.

하지만 극심한 전투를 치른 지 이틀밖에 되지 않아서인지 꽤 긴 시간을 평여현 멀리에서 있었던 것처럼 느껴지는 왕정이었다.

"해골독협 님! 안내해 드리겠습니다."

어떻게든 몸을 추슬러서 평여현 현청에 들른 왕정은 모습을 드러내자마자 현령을 만날 수 있었다.

아무래도 현령이 미리 조치를 취해 둔 바가 있는 듯했다.

'하기야 이곳 현령 정도라면…… 내가 산을 이용한다고 할 때부터 어느 정도는 짐작을 했겠지.'

그는 고작 현령으로 있을 자가 아니다.

평여현에 대한 애정이 있는 게 아니었다면 진즉에 높은 고관대작이 됐을지도 모를 자가 평여 현령이다.

"허허. 왔는가? 처리를 크게 한 듯하더군?"

"벌써 소문이라도 난 것입니까?"

"그럴 리가. 하지만 누구나 짐작은 할 수 있지 않겠는 가."

"그것도 그렇겠군요."

"아무래도 나를 만나러 온 것을 보아 하니. 뒤처리를 해 줬으면 하는 게로구만."

"예. 이번 일은 무림맹에서도 도와 줄 수가 없는 일이니 그렇습니다."

"흐음……."

잠시 생각에 잠기는 현령이다.

전에는 몰랐지만, 그는 생각이 꽤나 깊은 편이라 잠시 생 각에 할애하는 시간이 필요한 듯했다.

그래도 그 시간이 그리 길지만은 않았다, 금방 입을 열었 으니까.

"무림맹 인사가 섞여 있겠어. 거기다 크게 소문이 나거나 그대가 공적으로 치부되지 않는 것으로 봐서는…… 꽤 더러운 일이군."

"……솔직히 그렇습니다."

왕정의 준비. 허락. 무림맹. 후속 조치.

단순한 편린들을 가지고서도 꽤나 진실에 근접하게 다가가는 평여 현령이었다. 역시 예사 사람은 아니었다.

"흐음…… 평여현에서 일들이 벌어지는 게 솔직히 좋지만은 않군."

"……죄송합니다."

"아니네. 그대가 잘못을 해서 이런 일이 벌어지는 것은 아닌 듯하니. 그대가 죄송할 문제는 아니네. 허허."

"……."

"너무 신경 쓰지 말게나."

어찌 신경을 쓰지 않을 수 있을까. 그가 하는 단순한 말에도 왕정은 곤란함을 느낄 수밖에 없었다.

"예로부터 칼을 들고 설치는 자들은 그래 왔지. 그나마 그대는 그런 치들과 달라서 다행이네만……."

"좋게 봐주셔서 감사합니다."

현령은 무림인들을 그리 좋게만 보고 있지는 않은 듯했다.

하기야 현령같이 사람들을 다스리는 입장에서는 무림인

들이 좋게 보일 수가 없을 거다.

사람들을 다스리는 데 있어 방해가 되면 됐지, 도움을 준다고 보기는 힘드니까.

그나마 정파 인물들이야 겉으로는 도움이 되긴 한다. 적어도 자신들의 영역의 치안 정도는 신경 써주니까.

허나 그 대가로 기부금이니 뭐니 하는 대가들을 챙기는 것 또한 정파의 인사들이 아니던가?

그렇게 많은 돈을 챙기는 주제에 무를 닦는답시고 생산적인 일 또한 하지 않는 게 무림인이다.

관의 사람들 입장에서 무림인들을 고깝게 보는 것도 당연한 일이다.

왕정의 경우에는 이야기가 달랐다.

의원 일도 하는 데다가, 세금을 내고, 현의 사람들을 고용하는 것까지 해내고 있으니 좋게 보일 수밖에 없는 상황이다.

'다 사람이란 자기 입장에서 생각할 수밖에 없으니까.'

어쨌건 이차적인 처리를 해 줘야 하는 현령이 자신을 좋게 보고 나서준다면야 일 처리는 편하게 될 거 같다.

"무림맹이야 좋은 일이 아니니 조용히 덮을 것 같으니, 나만 나서주면 되겠구먼."

"그럴 것 같습니다."

"그럼 너무 걱정하지 말게나. 몇을 죽였든 간에 이를 가지고 문제 삼을 사람은 적어도 이곳 현에서는 없을 걸세."

대가를 제시하지도 않았는데 현령은 살인을 덮어주겠다고 한다.

적당히 대가 정도를 받는 것이 당연한데도 이러는 것을 보면 확실히 평여 현령은 그를 좋게 보긴 하는 듯했다.

"감사합니다. 혹여 현령께오서 필요한 일이 있으시다면 언제든 찾아주시지요."

"허허…… 무림맹이 있는 이곳에서 과연 그럴 일이 있겠나 싶네. 어쨌거나 그 마음은 잘 받겠네. 이만 가보시게나."

"예. 현령님도 평안하시기를……."

"허허……."

마지막까지도 그다운 웃음으로 왕정을 보내는 현령이었다.

현령의 위치에 있으면서 왕정의 사건을 덮어주는 게 보통 일은 아니다. 모르긴 몰라도 현령도 앞으로 꽤나 바빠질 거다.

명나라의 모든 일에 관해 알려 하는 동창의 요인들에게도 설명을 해 줘야 할 거고, 옆에 있는 여러 현들도 신경 써 줘야 할 거다.

현령들 전부가 살수들이 움직이는 것에 대해서 파악하지 못했을 수도 있지만, 몇몇은 파악했을 터이니까.

무림맹이 뿌리박혀 있는 하남성 내에서 살수들이 움직였다는 것 자체가 보통 일은 아니지 않는가?

다들 언급은 안 해도 이곳 평여현에 시선을 집중하고 있을 거다.

많은 고생을 해야 하고, 이를 처리하기 위해서는 그로서도 고군분투를 해야 할 것이 분명하다.

그럼에도 아무런 대가를 받지 않은 것을 보면 평여 현령도 참 특이한 사람이기는 했다.

어쨌건 관에서의 일들이 처리가 된다는 것만으로도 왕정은 한시름 놓았다.

'이대로 조금만 더 시간이 지나면……'

전과 같이 평화로운 시간을 보낼 수 있을 거다. 적당히 사람들을 치료하고, 독공을 연마해 가는 그런 나날이 올 거다.

사람들의 시선을 더 끌지 않기 위해서라도 그리 해야 할 필요가 있기도 했고.

어쨌건 모든 일들은 그렇게 조용하게만 넘어가는 듯 보였다.

　　　　　＊　　　　＊　　　　＊

　왕정은 전혀 도움을 구하지 않았지만, 그를 위해서 움직이는 다른 자들도 분명 있었다.

　"여긴가?"

　"응."

　"역시 왕정이 홀로 다 처리한 게 맞는 거 같은데? 멸문이나 다름없어."

　"그럴지도……."

　이화와 정우다.

　둘 다 선남선녀로 외모만 놓고 보면 한 쌍의 원앙처럼 어울리기 그지없었다.

　문제라면 둘 중 하나는 상대에게 마음이 없다는 것이 문제긴 하다. 한쪽의 애정만으로는 이뤄지지 않는 게 남녀사이니까.

　그러나 애정 문제로 일 처리를 제대로 하지 못할 이들은 아니었기에 둘은 차분히 주변을 탐색하기 시작했다.

　둘이 있는 곳은 사천성의 어귀.

　왕정에게 쳐들어왔던 살수 문파들의 본거지를 용케도 찾아 온 둘이다.

　확신을 가지고 뒤지고 있는 것으로 보아 무림맹 내에 있는 정보를 이용해서 온 것이 분명했다.

그렇게 한 시진이 좀 넘게 살피던 둘은 살수 문파의 본거지였음이 분명한 곳을 찾아냈다.

"여기네."

그녀가 무언가를 조작한다.

그르르릉.

약간이지만 냉정해 보이는 이화의 말대로 미리 만들어져 있던 기관에 의해서 그들이 뒤지던 곳 아래로 입구가 생겨난다.

공동의 아래에서 그들의 발걸음 소리가 크게 울려 퍼진다.

그 외에는 아무런 인기척도, 소리도 울리지 않는 것으로 보아 확실히 그들 외에는 아무도 없었다.

암굴 안에서도 얼마나 조사를 했을까.

개인으로서는 생각지도 못할 만큼 족히 몇만 냥이 되는 많은 돈을 찾은 것을 제외하고는 성과가 전혀 없었다.

"증인은커녕 증거도 없군?"

"떠날 때부터 미리 다 치운 것 같아. 왕정에게 가져다 줄 돈을 제외하면 허탕인가……."

"그래도 이거라면 조금이라도 보상은 되겠지."

정우나 이화나 왕정이 돈을 밝히는 것에 대해서는 이미

파악한 지 오래다.

달리 상의는 하지 않았어도 정우나 이화나 돈에 대한 욕심은 없다시피 했기에 왕정에게 넘겨주기로 결정을 내렸다.

게다가 몇만 냥이라는 돈을 가져다주면 조금이나마 화를 삭일 것이 분명한 왕정이었다.

덕분에 당가가 속한 무림맹에게 생겼을 반감을 지워 주면 더 좋다.

둘은 좋든 싫든 간에 무림맹에 속해 있는 데다 왕정과의 인연도 있으니 그가 좋은 감정을 가지길 원하는 것이다.

"가자. 더 얻을 것은 없는 거 같아."

"그러자고."

그렇게 둘이 살수들의 본거지였음이 분명한 곳에서 물러난다.

그르르르릉.

콰앙!

그 둘이 기관진식을 다시 열 때까지는 다른 이의 손에 의해 다시 열릴 일은 거의 없을 것이다.

멸문한 곳이란 곧 폐허가 될 것이란 소리나 마찬가지니까.

그런 그들이 경공을 펼쳐서 하남성을 향해서 다시 움직

이기 시작한다.

그리고 그들이 떠난 그곳에서는, 고수 측에 속하는 둘마 저도 발견하지 못한 인기척이 하나 있었다.

"……예상대로인가."

복면을 썼지만, 드러나 있는 덩치 자체가 꽤나 큰 자다. 척 봐도 장군감이라는 소리를 듣고 자랐을 만한 자다.

의외로 목소리만 놓고 보아서는 꽤 젊은 축에 속했다.

젊은 나이임에도 이화나 정우에게 들키지 않을 은신술을 쓴 것을 보면 무공의 경지 또한 얕을 리가 없었다.

보통이 아님 직한 사내가 미리부터 이화와 정우를 기다리고 있는 것에는 이유가 있을 터.

조용히 끝나기만 할 것 같았던 왕정의 일이 어쩌면 길게 이어질지도 모를 일이다.

*　　*　　*

"이제부터 출입을 통제하지 않아도 됩니다."

"옙!"

무림맹에서 파견된 무사가 왕정에게 깍듯이 대하는 게 눈에 보일 정도다.

자신이 한 일에 대해서 왕정이 언급을 하거나 한 것은 아니지만, 눈칫밥으로 왕정의 경지를 알아챈 것이다.

여러 경험이 있기도 했다.

실제로 이곳에 파견된 무사들 몇은 왕정의 독을 우습게 보고 독지가 되다시피 한 산에 들어가 본 적도 있었다.

하지만 그들의 객기와는 반대로 산의 중간을 넘어가기는 커녕 초입에서부터 마비 독에 당하기 일쑤였다.

무림맹 측에서 혹시나 하고 십해단을 특별히 나눠 주지 않았더라면 고생하는 자가 꽤 됐을 거다.

그런 경험들과 더불어 얼마 전에 살수들이 움직였다는 것을 들은 그들이다.

살수가 방문을 했음에도 왕정이 무사한 것을 봤기에 알아서 길 수밖에 없었다.

무림맹의 무사들이라고 하더라도 그들은 하급에 가까운 무사이니 강자에게는 숙이고 들어가는 것 외에는 달리 방법이 없는 것이다.

이들이 알아서 기는 것과는 다르게 왕정은 그 특유의 성격대로 그들에게 여전히 살갑게 대했다.

"하하. 그렇게 긴장하지 않으셔도 됩니다. 누가 보면 제가 잡아먹는 줄 알겠습니다."

"어찌…… 그러겠습니까?"

"에이. 연배만 하더라도 제가 훨씬 어리지 않습니까?"

"그것이⋯⋯."

왕정은 순수하게 말을 하는 것이지만 받아들이는 무림맹 무사의 입장에서는 그럴 수가 없었다.

다행히도 무림맹 무사를 구원해 주는 것은 다름 아닌 독존황이었다.

그는 왕정에 비해서 무림의 생리를 잘 알기에 무림맹 무사의 곤란이 무엇인지 잘 아는 것이다.

―허허. 무림이라는 곳만큼 실력이 말해주는 곳이 어디 있겠느냐. 과례는 예가 아니라 했다. 그만하거라.

[이거 참⋯⋯ 역시 작은 것에서부터 무림은 저랑 안 맞는 거 같다니까요.]

―절정 고수가 되고도 그리 생각하는 자는 너밖에 없을 게다. 어쨌거나 그만 들어가자꾸나.

[예.]

독존황과 대화를 하고 보니 무림맹 무사들과 친해지는 것은 글렀다 싶은 왕정이었다.

더 이곳에서 실랑이를 해 봤자 자신의 의도와는 다르게, 무림맹 무사만 심력을 소모할 것이 뻔해 보였다.

왕정은 독존황의 말을 듣기로 했다.

"에⋯⋯ 그럼 저는 됐고 마을 사람들에게나 안내 부탁드립니다. 이번 일로 독들을 다시 정리해야 해서 조심을 좀 해야하거든요."

"여부가 있겠습니까."

"혹시 모르니까 십해단 백 개하고 백해단 열 개를 내어 드릴 터이니, 마을 사람들이 당하게 되면 바로 복용시키세요."

왕정이 그리 말하면서 미리 준비한 주머니를 건넸다.

비싸게는 황금 오십 냥씩 하는 백해단이 열 개나 들어올 줄은 몰랐는지 덜덜 떨면서 받아드는 무림맹 무사였다.

"이…… 이런 걸 어찌 제가……."

"하핫. 저야 또 만들면 되는 걸요. 게다가 무림맹 무사가 그걸 착복할 리도 없잖습니까?"

"예, 옙! 당연한 말입지요."

"마을 사람들만 잘 안내해 주신다면 나중에 몇 개 따로 챙겨드리겠습니다. 아시겠죠?"

"허. 허헛!"

무사의 눈이 크게 뜨여진다.

왕정이 그렇게까지 해 줄 것이라고는 몰랐다는 태도다.

하기야 누가 백 개의 독을 해독할 수 있다는 백해단을 이리 쉽게 건네어 주려고 할까?

왕정의 호위를 맡으러 독지나 다름없는 곳에 왔는데도 십해단을 받는 게 현실이 아니던가!

아무리 무림맹에 속한 무사라지만 백해단을 얻을 수 있다는 것에는 깜짝 놀랄 수밖에 없는 것이다.

"그러니 마을 사람들이나 중독 안 되게 통제 부탁드립니다. 혹여나 무인이라고 양민들을 너무 무시하시지는 마시고요. 제가 있는 마을의 사람들 아닙니까."

"여부가 있겠습니까요! 맡겨주시지요!"

백해단 덕분인가?

아니면 마을 사람들을 생각하는 왕정의 마음이 느껴져서인가, 무림맹 무사는 진실로 자신의 말을 지킬 기세였다.

'물욕이든 진심이 전해졌든 어느 쪽이든 상관없겠지.'

무림맹 무사들이 안내를 잘해 줘서 문제만 생기지 않는다면야, 그깟 백해단쯤이야 몇 개 만들어서 주면 될 일이다.

무사들은 무사들대로 이득을 얻을 수 있을 거고, 마을 사람들은 덕분에 독지가 있어도 안전이 보장되겠지.

시체 처리, 현령과의 이야기로 관에 관한 처리, 전투 후 흐트러진 독기로 인해서 혹시나 피해 받을지도 모를 마을 사람들을 위한 대비까지!

모든 것이 완벽했다.

이쯤이면 처음 뒤처리를 하기 시작한 것치고는 잘했다고 칭찬을 들을 수 있을 정도다.

'할아버지가 도와준 덕분이긴 하지만…… 어쨌거나 뿌
듯하네.'

조금씩 성장해 나가는 자신을 느끼는 왕정이었다.

그렇게 살수 문파와의 일은 조금씩 일단락되어 가는 듯
했다.

第二章

공돈? 목숨값!

많은 일 처리를 해냈다고 하더라도 모든 일이 끝난 게 아니다.

전투로 인해서 흐트러진 독지를 정리해 줘야 했다.

살아 있는 생물은 아니지만 왕정의 조작으로 한곳에 머무르듯 있는 게 그가 산에 흩뿌린 독들이다.

덕분에 주변 일대는 자연적인 독지가 아니라 왕정이 만들어 낸 인공적인 독지가 된 셈이다.

때문에 그로서는 독지를 구획에 나눠서 정리를 해줘야 할 필요가 있었다.

왕정 그가 독지를 만드는 방법은 이렇다.

우선 산의 초입과 마을 사람들이 이동하는 길과 약초밭, 감자 밭 주위에는 마비독이 깔려 있어야 한다.

혹여나 있을 피해를 방지하기 위해서 마비독 정도만 넣는 거다.

그리고 점차 안으로 들어갈수록 그 독을 강하게 만드는 식이다. 이 또한 혹시 있을 피해를 막기 위함이다.

이런 식으로 나눠놓은 구획이 전투로 인해서 흐트러졌다.

전투가 진행되면서 살수들이 이동함에 따라 기껏 나눈 독들이 흩어지거나 움직이게 된 것이다.

때문에 다시 만들기 시작하는 것이다.

독의 경우에는 현령은 물론이고 마을 사람들에게도 도움을 받을 수 있는 것이 하나도 없는지라 그가 전부 처리해야 했다.

'시작보다 정리하는 게 더 어렵네.'

시간이 생각보다 걸리는 이유가 있었다.

처음 만들 때에야 독을 미리 계획해 놓은 구획에 맞춰 흩트려 놓기만 하면 됐다. 그걸로도 충분했다.

하지만 지금은?

흩어진 독들을 재흡수해야 함은 물론이고, 구획에 맞춰 다시 독을 풀어 놓아야 했다.

단순히 흩어 놓는 것만이 아니라, 이미 흐트러진 독들을 정리하는 단계도 들어가기 때문에 일이 길어질 수밖에 없는 것이다.

태산을 오르는 것도 언젠가는 끝이 있듯이 결국 독을 정리하는 것에도 외곽이나마 성과가 보이기 시작했다.

"후아…… 일단 외곽은 어떻게 된 거 같네요."

―수고했구나.

"안까지 정리를 제대로 하려면 보통 일이 아니겠어요."

―그나마 안쪽은 네가 아니면 출입하는 자가 없으니 그냥 둬도 될지도 모른다.

"에…… 그렇긴 해도 혹시 모르니까요. 괜히 사람 하나 잘못 들어왔다 중독이라도 되면…… 어휴."

―그것도 그렇겠구나.

근래 들어서 자신의 의방에 투입된 무림맹 무사들 사이에서는 새로운 훈련법이 만들어졌단다.

자신의 마비독을 이용해서 독에 대한 저항 훈련을 하고 있다는 것이었다.

훈련의 성과도 있다고 하니 그들이 언제 또 안으로 들어서서 저항 훈련을 한다고 나설지도 모를 일이다.

그러니 귀찮긴 하더라도 단계별로 독지의 구획을 조종해야 할 필요가 있었다.

그가 아무리 표면적으로 말린다고 하더라도 그의 허락 없이 안으로 들어설 자들이 분명 있을 테니까.

"하여간에 사람이 사람을 제일 귀찮게 한다니까요."

―허헛. 네가 한 말 중에서 최고의 명언이로구나.

"쳇. 그게 뭐예요."

그래도 칭찬은 칭찬이다.

왕정은 투정 부리듯 말하긴 했지만 그리 기분이 나쁘진 않았다.

작은 일에 소소하게 기쁨을 느껴가면서 독지의 정리를 해 나갈 무렵. 독지 안에 있는 그에게 느껴지는 인기척이 있었다.

'이상한데?'

무림맹에서 파견된 무사들이라고 하더라도 여기까지 들어오지는 못할 거다.

아무리 자신이 백해단을 줬어도 그건 아껴야 하는 귀물이니, 그들이 쓸 수 있는 것은 십해단 정도.

고작해야 십해단을 가지고 무림맹 하급무사가 여기까지 오기란 불가능한 일이다. 하급이 괜히 하급이 아닌 것이다.

그런데도 인기척이 느껴진다?

'적?'

살수 문파 하나 없앤 지가 얼마나 되었다고 벌써 살수를 또 보내는 건가?

이 대낮에?

어이가 없는 상황이지만 대비를 해서 나쁠 것은 없었다. 그게 당연한 일이고. 헌데 독존황이 의외의 말을 했다.

—허허. 저들도 많이 발전했구나.

"에?"

저들이라니? 독존황이 그리 칭하는 것을 보면 이미 알고 있는 사이라는 말인가?

'아직 멀었군.'

독존황은 분명 자신의 오감을 이용하여 상대에 대해서 알아챈 것일 터. 그에게 육체는 없으니 다른 수단은 없다.

같은 오감을 공유하는데도 자신은 적이라 생각했고 독존황은 누구인지까지 알아챘다? 자신이 부족하다는 증거다.

왕정은 좀 더 수련을 해야겠다고 여기면서 인기척이 느껴지는 곳으로 고개를 돌렸다.

"후우…… 후우……. 이걸 무림맹 무사들이 수련에 사용한다고?"

"하아…… 하아……. 응. 비록 초입만이지만……."

"하악. 대단하군."

선남선녀. 정우와 이화다.

가쁜 숨을 내쉬고 있는 것으로 보아서 둘로서도, 이곳 독지에서 꽤나 큰 어려움을 느끼고 있는 듯했다.

게다가 그들의 내부에서부터 백해단에 녹아 있는 그의 내공이 느껴지는 것으로 보아서는.

'백해단도 복용했군……'

약을 복용했다. 그것도 그가 만든 백해단이다.

하기야 절정인 그들이라고 하더라도 백해단 없이 이곳까지 도달하는 것은 불가능했을 거다.

그들의 성격상 자신을 찾는 목적은 부차적인 문제고, 이곳의 독이 얼마나 강한지를 실험하러 왔겠지.

비록 자신이 산의 중간 정도에 머물러 있어서 최종 병기에 가까운 독지까지는 발을 들이지 않았다지만 이 정도 버틴 것으로도 대단했다.

중턱에 있는 독지라고 하더라도 분명 약한 독들은 아니니까.

'이쯤 부르긴 해야겠네……'

둘이서 '하악'이니 '허억'이니 하며 꽤나 선정적인 모습을 하고 있는 것을 보고 있노라면 안쓰러울 정도다.

이화야 워낙에 아름다워서 볼만하기야…… 했다.

하지만, 같은 남자인 정우가 하악 대고 있는 건 두 번 보기 싫은 괴경(怪景)이었다.

"이화 누나!"

"하아악…… 응?"

타아악.

왕정이 그녀에게 한달음에 달려간다. 절정에 이른 자치고는 부족하지만 전에 비해서 완숙해 보이는 경공이다.

독지야 그에게 피해를 주지 못하니 넘어간다 치더라도, 자연스레 경공을 펼치는 것을 보면 그새 무공이 발달한 것이 분명했다.

"오랜만이에요!"

"하악…… 응!"

왕정이 정우는 대놓고 모른 척을 하자 그가 크게 심호흡을 하고는 말한다.

"흐으읍……. 나, 나도 신경 쓰거라!"

여전히 정우를 무시하는 왕정이다.

그는 정우의 말에도 절대로 신경도 쓰지 않겠다는 듯이 무시하고는 이화에게 대화를 이어 나갔다.

하는 짓으로 보아 하니 이 녀석,

지금까지도 정우에게 악감정이 있는 것이 분명했다.

"오느라 고생하셨어요. 일단 제 의방부터 가자고요."

"하악…… 응."

그렇게 의방을 향해 움직이기 시작하는 이화와 왕정.

"제, 제길…… 독지만…… 아녔어도…….."

정우는 괜한 푸념을 하면서 조심스레 둘을 따라가기 시작했다.

*　　*　　*

어지간해서는 표정 변화가 없는 정우가 대놓고 삐쳤다는 태도로 왕정을 대하고 있었다.

"치사한 놈."

"왜요?"

"나도 독을 정화해 줄 수 있지 않느냐!"

"에이 참……."

의방으로 올 당시에 왕정이 이화에게 '만' 해 준 조치를 두고 저러는 것이다.

하악 하악 대는 이화의 모습이 워낙에 선정적이지 않았던가. 그게 신경 쓰인 왕정은 이화에게 침투하려는 독기들을 정화해 주었다.

자신이 흡수하는 방식으로 정화를 하면 되었기에 해독쯤이야 그에게 워낙 쉬운 일이었다.

독지에 깔린 독들이 그로부터 나온 독이라 더욱 손쉽다고 여겨질 정도였다.

하지만 이것을 이화에게만 해 준 것이 화근이 되었을 줄

이야!

독지에서의 고행 아닌 고행이 꽤나 힘이 들었었던 것인지 대놓고 삐친 것을 표현하고 있는 정우였다.

아마 무림맹의 다른 무사들이 정우의 이런 모습을 보면 꽤나 놀랐으리라.

그는 이런 식으로 쉽게 삐치곤 하는 성격은 아니니까. 그만큼 왕정이 깐 독들이 괴랄했다.

"어차피 의방에 있었으면 될 것을 굳이 독지에까지 들어선 것이 문제죠."

"그렇다 하더라도 이화도 같이 하지 않았더냐?"

"누나는 누나고 정우 형은 형이지요."

"허어. 대놓고 남녀 차별이더냐?"

"차별이라뇨!"

이화는 지금 껴 봐야 손해만 얻는다고 여긴 건지 가만히 침묵을 지키고서 있었다.

"그럼 형도 생각해 보시죠."

"뭘?"

"독기를 정화하려면 손이라도 잡아야 한단 말입니다! 시커먼 사내의 손을 잡고 싶습니까!?"

"그, 그건……."

애시당초 그렇다면 여자는 잡아도 되냐고 말을 하면 되

겠지만 그렇게까지는 따지고 들지 못하는 정우였다.

자신이라고 하더라도 같은 남자랑 손을 잡는 것은 그리 하고 싶지 않은 일이었으니까.

그도 한 사람의 남자이니만치, 같은 남자의 손을 잡고 싶지는 않다는 왕정의 마음을 이해(?)하는 것이다.

"훗. 역시 그건 좀 싫죠?"

"그렇다 해도 특수한 경우……."

"에이. 애시당초 의방에서 기다리고만 있었으면 되잖아요. 게다가 덕분에 독에 대한 저항도 조금이나마 올랐겠더만요?"

"크흠……."

뭐든지 경험이라는 건 중요한 법이다. 특히 독의 경우에는 자주 접하면 저항이 오르는 경우가 많다.

가끔가다 후유증이 남는 경우가 있어서 문제지만 왕정이 설치한 독지의 경우에는 후유증도 없지 않는가?

혹여나 후유증이 있더라도 왕정이 치료해 줄 것을 알기에, 백해단만 먹고 진입한 것이기도 하고!

그러니 짧은 경험이었지만 독지에서 얻은 것이 전혀 없지는 않았다.

승기를 얻었다고 여겼는지 왕정이 정우에게 쐐기를 박았다! 다른 이들은 생각도 못 할 독창적인 생각까지 하면서!

"공짜로 독 저항도 올라갔으면 그걸로 만족해야죠!"

"그렇다 해도…… 인간적으로……."

"생각해 보니까 독공을 쓰는 저에게는 적을 키워주는 거나 마찬가지로구만. 흐음…… 이거 가만 보니 독지로 저항력을 올려주고 돈 받는 것도 쏠쏠할지도 모르겠네요."

"허어……."

"……."

―그 무슨……

정우, 이화, 독존황 전부가 놀랐다.

독에 대한 저항 훈련이 무인에게 있어서는 그 무엇보다 귀한 경험이기야 하다지만, 그걸 돈 받고 시켜 주겠다니?

독공을 사용하는 왕정으로서 그런 짓을 하면 굉장한 손해가 되지 않겠는가.

"흐음…… 아무리 생각해도 돈이 되겠는데요? 효과야 정우 형님이 아니더라도 파견 나온 무림맹 무사들이 꽤 보고 있기도 하고……."

"……정말 할 생각이냐?"

"에이. 생각 좀 해 보고요. 이번에도 저어기 사천에 있는 곳에서 마음에 들어 하지 않을 수도 있잖아요?"

"크흠……."

돌려서 말했지만 사천당가를 말함이다.

독을 해독하는 것만으로도 살수를 보내는 그들이다.

모르긴 몰라도 독 저항력을 높여주는 짓을 한다고 했다가는 사생결단을 내려고 할지도 모른다.

자신들의 최종 최후의 무기나 다름없는 독에 대한 저항력을 높여주는 것은 보통 일이 아니니까.

자신들의 무력이 낮아지는 것이나 다름이 없으니 가만있을 리가 없었다.

"……그래도 고관대작 자식들에게 자체적인 독 저항력을 높여준다고 하면 얼마나 받을 수 있을까요?"

"……금자로 수천, 수만 냥을 받을 수도 있겠지."

"뭐, 돈 급하면 한번 해봐야겠네요. 후후."

이놈이라면 정말 그런 짓을 벌일지도 모른다. 자신의 독지를 이용해서 독 저항력을 키워 줄 생각을 하다니!

'……정상은 아니야. 이놈도…….'

정우에게 정상이 아니라는 결론을 내리게 하는 데 한 점 부족함이 없었다.

표정 변화가 거의 없다시피 하는 이화마저도 놀란 표정을 짓게 할 만한 생각이었으니까.

"너무 돈, 돈 하지 말거라. 안 그래도…… 그것 때문에 왔으니까."

"돈 때문에 누님하고 정우 형이 왔다고요?"

필요에 따라서 누님, 누나, 형이라는 호칭을 잘만 바꿔가면서 사용하는 왕정이었다.

돈이 걸렸다니 예를 차리는 거겠지.

돈에 대한 애정만큼이라도 무공에 열의를 쏟았더라면 어쩌면 왕정은 절정을 금방 넘어설지도 모르겠다.

그런 왕정의 태도에 질렸다는 듯 그를 바라보며 정우가 말한다.

"그래. 네가 상대했던 살수 문파가 있지 않더냐?"

"에……. 뭐 거의 멸문 아니에요?"

"거의 멸문이 아니라 멸문이 맞다. 우리가 파악하는 한은 말이지."

"그놈들이 왜요?"

생각해 보니 살수 문파의 이름도 모른 채로 멸문까지 시켜 버린 왕정이다. 이런 면에서는 신경이 참 굵은 그다.

사천당가에 대한 이자는 잊지 않고 있지만 이미 해결된 일에 대해서는 신경도 안 쓰는 것이다.

"혹시 몰라 살수 문파의 본거지에 찾아 갔다."

"음……. 나서기는 힘들다고 하지 않았어요?"

"직접적으로 나설 수는 없지만 뒤처리 정도는 해 줄 수 있으니까."

정우나 이화나 일적인 부분에서는 말투가 비슷했다.

다른 걸 떠나 일 처리를 깔끔하게 하려는 둘이다 보니 일에 대한 이야기를 할 때는 말투도 비슷한 듯했다.

말투야 어쨌든 둘이 한 것은 왕정에 대한 호의고 선의다. 하지 않아도 될 일을 대신 처리해 준 거다.

"헤에……. 고마워요."

"당연한 일이었다."

이화다.

약간이나마 얼굴이 붉어진 것이 그녀도 나름 쑥스러운 듯했다.

"그래도요. 그런데 가서 무슨 성과라도 있었나요?"

"아니. 없었다. 멸문을 한 데다가, 그나마 남아 있을 자들도 이미 떠난 듯하다."

"음……. 그럼 남은 자들이 복수를 하려고 나서지 않을까요?"

"전혀. 멸문한 살수 문파는 그럴 겨를도 없을 거다."

왕정이 이해를 못한 듯하자 독존황이 빠르게 설명을 해 줬다.

―살수 문파들은 많은 은원으로 얽힐 수밖에 없다.

[사람 죽이는 일이 업이니 당연하겠네요.]

―그렇다. 보통은 은원을 힘으로 막지만 멸문을 하게 되면 그게 불가능하게 되지. 남은 건 추격밖에 없게 된다.

[추격이라…… 무서운 일이네요.]

사람을 죽여 돈을 버는 것이니 당연한 일일지도 모르겠다.

금방 전에 살수 문파의 생리를 이해한 왕정은 본래부터 알고 있었던 것처럼 이화에게 말했다.

"그렇기도 하겠네요. 그럼 굳이 두 분이서 수고해서 오시지 않고 소식만 전하셔도 되지 않았어요?"

퉁명스러워 보일 수도 있지만 왕정은 진심이었다. 안 그래도 바쁜 그들이 사천까지 다녀왔으니 보통 수고가 아니다.

정우가 나서 말했다.

"성과가 전혀 없지는 않았으니 직접 온 거다."

"그래요?"

"응. 동생이 좋아하는 걸 얻었어."

"헤에? 제가 좋아하는 거라면……."

역시 돈이다.

하지만 그걸 입 밖으로까지는 내지 않는 왕정이다. 그도 이제 와서는 체면을 좀 신경 쓰긴 하는 듯했다.

이미 그가 벌여놓았던 일이 있는지라 전. 혀 소용이 없을 테지만.

"하하. 돈이지. 역시 살수 문파들답게 꽤나 많은 돈이 있더군. 나중을 위해서 챙기지 않은 게 의외긴 하다."

"챙겨갈 겨를도 없었거나, 동생과의 일전에서 승리할 수 있을 거라 여긴 거 같아."

"쉽게 말해서 저 하나 죽일 자신이 있었다 이거네요."

"응."

이화의 말대로다.

아무리 왕정이 독공의 대가가 되어간다고 하더라도 단체가 아닌 개인이다.

일인이 무적의 힘을 낼 수도 있다 알려진 게 무림이지만, 아무래도 개인의 힘은 한계가 있는 터.

그와 일전을 벌이려던 살수 문파의 입장에서는 생각지도 못한 일차적인 피해가 있긴 했다.

하지만, 문주까지 나서면 승리를 할 수 있을 거라 여긴 게 분명했다.

그 때문에 왕정을 치러 온 자들을 제외하고 남은 일부는 살수 문파 입장에서 쭉정이밖에 되지 않는 자들이었다.

문파의 핵심이 아닌 자들이다 보니, 의뢰 실패 소식을 듣고 도망을 칠 때도 돈을 챙길 수가 없었을 거다.

돈이 어디 있는지도 모르는 데다가, 은원에 관계된 자들의 추격이 두려워 뒤질 시간도 없었을 테니까.

정우와 이화야 생각보다 쉬이 찾은 거 같지만 그들이 하는 일 자체가 탐색, 추적들과 관련된 일이니 생각보다 쉬이 찾은 거다.

덕분에 왕정으로서는 생각지도 못한 수익을 얻은 셈이다.

"얼마나 돼요?"

느껴지는 무게로 보아 하니 금자가 아니라 전표였다. 직접 확인을 할 수도 있겠지만 물어보는 게 더 빠르지 않겠는가.

이화가 왕정의 말에 별거 아닌 것을 말한다는 듯이 담담하게 말했다.

"금자로 따지면 삼만 냥 정도."

"에엑? 사, 삼만 냥요?"

"응. 삼만 냥. 본래는 더 있긴 했지만······ 우리도 무림맹에 상신해야 하는 금액이 있어서 만 냥은 뺐어."

"하······."

만 냥을 빼서 삼 만냥이라니.

'나도 살수 짓이나 할까······.'

라는 생각이 스쳐 지나가는 게 당연할 정도다. 백정 같은 짓이지만 정말 사람 눈 돌아갈 만한 금액을 버는 듯하지 않는가?

"무시무시한 돈이네요."

"사람 죽여 번 썩은 돈이기도 하지."

"……뭐 그것도 그러네요. 그런데 이런 돈을 제게 건네는 걸 보면 뭔가 이유가 있는 거죠?"

차라리 작은 돈이라면 호의라고만 생각하고 받았을지도 모르겠다. 하지만 그렇다고 보기에 이 돈은 너무 많다.

삼만 냥 정도 되는 돈이면 평여현의 일 년 예산을 넘을지도 모를 돈이다.

'분명 그냥 주는 돈은 아니다.'

무림맹에서도 이런 돈을 그냥 넘겨줄 리가 없었다.

공짜는 없다.

세상의 진리기도 하고, 그동안에 독존황이 여러 표현을 사용해서 가르쳐 준 바이기도 하다.

"음……. 솔직히 말하면 무림맹에서 네 무력을 인정해서 챙겨 주는 것도 있기도 하고……."

"……입막음일 거야."

정우가 하지 못하는 말을 이화가 대신해서 말해 준다.

"입막음이라. 이 돈 받고 목숨을 위협받았던 것을 모른 척해 달라 이거네요?"

"응."

솔직하긴!

돌려 말할 수 있을 텐데도 불구하고 정면 돌파를 택하는 것을 보면 곧은 성격을 가진 이화다웠다.

"흐음……."

왕정으로서는 순간 고민스러울 수밖에 없었다.

이걸로 자신의 목숨을 위협한 당가에 대한 이자를 상쇄해야 하는가? 그러기에는 왠지 억울하지 않은가?

'사람 목숨값이 다 다르다는 말도 있긴 하지만…….'

삼만 냥에 입을 닫으라니?

무림맹 입장에서야 일이 더 커지기 싫어 이런 조치를 취한 거겠지만 왕정으로서는 기분이 나쁠 수밖에.

—허허. 선택권이 없지 않느냐. 또한 네 성격대로라면 선택도 뻔할 테고.

[솔직히 그렇죠.]

일단은 받는다. 하지만 돈을 받되 기회는 노릴 거다.

언젠가 이자를 쳐 줄 기회를.

그때까지는 세상과 타협을 하듯 조용히 있으면 되는 거다. 그들이 원하는 대로 금자 삼만 냥에 모든 것을 잊은 것처럼.

그게 세상 사는 법이고, 영민하게 복수를 하는 방식이다.

'이 목숨값으로…….'

끊임없는 투자를 하리라.

자신을 위한 투자를.

언젠가 때를 기다리다 기회가 왔을 때, 뱀이 먹이를 낚아 채듯 꽉 하고 사천당가의 뒤꿈치를 깨물어 버리리라!

자신을 건드린 목숨값을 받기 위해서.

힘을 갖출 그 때까지는 일단 숙여야 했다. 어린아이처럼 굴어봐야 손해만 입는 것을 알기에 왕정은 굳었던 표정을 관리했다.

속이 없는 것처럼, 아무것도 모르는 멍청이처럼.

"헤헤. 뭐 이 정도라면야…… 어쩔 수 없겠죠."

"……."

"……."

의외로 둘은 침묵한다.

왕정이 선택한 게 삼만 냥이라는 '돈'이기에 조금은 놀란 듯했다. 아니면 실망을 했거나.

무인다운 무인인 둘로서는 금자 삼만 냥이라고 하더라도 목숨값이라는 것에 치를 떨리라.

그게 사냥꾼의 기질을 가진 왕정과 순수한 무인으로서만 자라난 둘의 차이.

"……그럼 그렇게 보고를 하겠다."

"네. 그럼 부탁드리죠. 혹시 머물다 가실 건가요?"

"아니. 이만 가야겠지."

정우가 먼저 자리를 뜨려고 한다. 순도 십 할의 무인인 그로서는 왕정에 대한 실망이 꽤 큰 듯했다.

끼이익.

그가 먼저 의방의 문을 열고 나아가고, 순간 이화와 왕정 둘만 남게 되었다.

그녀가 이미 다 알고 있다는 듯이 왕정에게 묻는다.

"……이걸로 안 넘어가려고 하는 거지?"

역시.

그녀는 언젠가 왕정이 복수를 하려고 나서려는 것을 눈치챈 것이 분명했다.

그동안 왕정을 어느 정도 겪어 본 그녀이니 속내를 짐작한 듯했다. 아니면 여자로서의 직감으로 눈치를 챈 것이거나. 어느 쪽이든 대단한 감이었다.

"하하. 네, 솔직히 말하자면요."

"……."

무림맹에 속해 있으면서도 말리지는 않는 그녀다. 그녀의 성격대로라면 보고를 하지도 않을 거다.

의방을 나서기 전 마지막 한 걸음에 그녀가 조심스레 한마디를 남긴다.

"……몸조심해."

진정 걱정을 하기에 남기는 말이리라.

왠지 그녀라면 왕정 자신이 어떻게 되더라도 그의 편이

되어 줄 것만 같았다. 근거도 증거도 없지만 왠지 모르게 확신이 간다.

"예! 물론이죠!"

그녀에 대한 믿음을 간직한 왕정의 확신에 찬 큰 목소리.

마지막으로 한 번 뒤돌아 왕정을 바라보는 것을 끝으로, 그녀가 먼저 나와 기다리고 있던 정우와 함께 멀어져 간다.

이대로 산을 내려가 무림맹에 보고를 하러 가는 것이 분명할 게다.

입막음으로 제시한 돈을 왕정이 받아들였고, 앞으로 사천당가와 해골독협은 별다른 충돌이 없을 거라 보고를 하겠지.

그거면 충분했다.

무림맹에서도 일이 껄끄러워지지 않아 편할 것이고, 사천당가 입장에서는 귀찮음이 덜어지리라.

"후후…… 이걸로 어디부터 투자를 해볼까요? 전에 잠시 세웠던 계획을 실행해 볼까요?"

─그게 좋겠지. 큰돈을 확보했으니까.

"그러믄요. 하하."

과연 그들의 생각대로 삼만 냥이라는 돈으로 입막음이 될지는 두고 보아야 할 거다.

이 모든 일이 어떻게 진행이 될지는 왕정의 마음에 달려 있었으니까!

정우의 약간의 실망, 속 모를 이화. 조심스레 그렇지만 확고하게 준비를 해 나가는 왕정.

그 세 명이 조금씩, 조금씩 앞으로 나아가고 있었다.

第三章

계획 실행

"확실히 큰돈이긴 해요."

―아무렴. 늑대 가죽 얻었다고 좋아하던 때가 엊그제 같거늘⋯⋯. 삼만 냥이라. 허허.

"에이, 그 말은 하지 말자구요."

사냥에 독공을 조합하기 시작하면서 얻었던 처음 성과를 말하는 걸게다.

그동안 워낙 많은 일을 겪어 아주 옛날과도 같은 일이기도 했다.

늑대 사냥 덕분에 이화를 만나서 독협이라는 명호에 의원 짓도 해 보고, 살수 문파도 상대해 가며 여기까지 왔다.

"생각해 보면 저도 참 다사다난하기는 했네요."

—그렇구나. 하지만 지금에 와서 끝날 것 같지는 않으니……

"대비를 해야겠지요. 그곳에 이자도 받아야 하고요."

—아무렴. 그래야 내 손주지.

독존황은 사파 계열의 고수여서 그런지 복수에는 복수로라는 경향이 강했다. 한순간만 우습게 보여도 나락으로 떨어지는 곳이 사파라는 곳이니까.

때문에 왕정이 복수를 언급하는 것에 대해서 언제나 기꺼워했다. 겸사겸사 무공의 경지도 오르면 더욱 좋았고.

"흐음…… 그러자면 역시 그 계획이 맞겠지요?"

—그게 가장 현실적으로 쉽게 강해질 수 있는 방법이지 않더냐.

"그건 그런데…… 이거 삼만 냥 가지고도 될까요? 의원으로 벌어들이는 돈도 있다지만……."

삼만 냥이란 큰 금액에 그가 지금까지 벌어둔 돈을 보태도 힘들 일이 뭘까?

그의 재산은 금자 오만 냥을 넘어 십만 냥에 다다라 갈 텐데?

백해단 하나를 금자 오십 냥에 팔아대곤 하니 어마어마한 돈을 벌었음에도 힘든 계획이라니!

다른 이들이 들으면 거품을 물고 개소리라 달려들 거다.

"아슬아슬하긴 할 거예요. 제대로 된 거 하나만 구해도 금자 몇만 냥은 그냥 들어가는 게 독물이잖아요. 사천당가가 싫어하기도 할 거고."

—세력이 없으니 아무래도 그러하겠지.

그가 강해지기 위한 계획.

그것은 단순하디 단순한 방법이었다. 자신이 독지화한 산을 더더욱 강한 독지로 만들어 내는 것이 계획의 전초다.

독지에 독을 풀어 놓는 것만으로도 독이 늘어나는 경우가 있긴 하지만 그것은 아주 소량이기 때문!

하지만 독지를 강화하게 되면 자체적으로 늘어나는 독기도 어마어마해질 터.

'그걸 그대로 흡수해 내기만 하면…….'

자체적으로 독이 생산되는 것을 이용해서 시간만 있다면 이론적으론 무한하게 독력을 늘릴 수 있게 된다!

독을 수용할 수 있는 한계에 대해서도 생각을 하긴 해야 할 거다.

하지만 한계까지 수용할 수 있다는 것만으로도 꽤나 매력적인 계획이지 않은가?

고로 강화된 독지에 자연적으로 늘어난 독을 흡수하는 게 계획의 다음 단계다.

그를 이용해서 강해지는 것이 궁극적인 목표이고!

이는 독존황과 왕정 둘이서 머리를 싸매고 만들어 낸 방법이다.

평여현은 자연 독지로 유명한 운남이나 사천처럼 독이 넘쳐나지 않으니, 인공적으로라도 독을 넘쳐나게 하는 방법인 셈!

이미 오래전부터 사용하던 방법이기도 했다. 감자 밭에서 키운 감자와 동물 시체로부터 독을 얻어내던 그이니까.

산 전체를 독지 그 자체로 만드는 것은 그러한 감자 키우기와 동물 시체 늘리기의 강화판이라고 할 수 있는 셈이다.

"독기를 얻고 강해지면 그건 그거대로 고수가 되겠지요."

―게다가 독지를 강화하면 그것 자체로 너만의 요새가 만들어지지 않겠느냐? 허허. 무림맹이 있는 하남성 어귀에 독지…… 상상도 못 할 일이긴 하구나.

독존황의 말대로 일견 미친 짓이기도 하다. 정파의 중심지라 할 수 있는 하남성에 독지를 만드는 것이니까!

하지만 왕정은 자신이 있었다.

"훗. 평여 현령도 싫어하지는 않을 거라고요."

―그렇겠지. 계획대로라면 평여현에 도움이 될 테니까.

"예. 제 산지를 제외하고는 모두가 안전해지면서, 발전도 하게 되는 형태니까요."

실행하기 이전부터 몇 번이고 계획을 점검했던 왕정이
다. 아무리 생각해도 여기서 문제가 될 점은 아무것도 없었
다.

있다면 무림맹이 자신에게 주의를 준다거나 하는 것 정
도?

하지만 그들이 주의를 주려고 나서기 이전에 이미 독지
화가 완료될 거다.

마비 독으로 초입이 둘러싸여 있는 산에서 활동하고 있
는 사람은 왕정 자신밖에 없기 때문이다.

그만 입을 다물고 있으면 아무리 무림맹이라고 하더라
도, 독지 강화 계획을 눈치채는 데 시간이 걸릴 수밖에 없
는 것이다!

*   *   *

"염가 놈이 여기로 오면 뱀들을 팔 수 있다고 해서 왔습
니다요."

"하하. 잘 찾아오셨습니다."

자신은 개인이자 약자이니, 사천당가든 어디든 자신을
건드리기 이전에 움직여야겠다 여기고 있었기에 그는 재빠

르게 행동했다.

계획을 실행시키기로 한 그날 평여 현령을 만나서 자신의 일에 대한 허락을 받아냄은 물론이었다.

"허허. 마음대로 하게나. 평여현이 자네를 중심으로 돌아가겠군."

"그럴 리가요. 중심에는 현령님이 계실 뿐이지요."

"말이라도 고맙군. 열심히 날개를 펴 보게나. 무림맹으로서도 자네가 있으면 이곳에서는 경거망동하지 않겠지."

"저를 그렇게 크게 봐주셔서 감사할 따름입니다."

평여 현령이 왕정의 말에 웃어 보인다.

그로서는 왕정이 다른 무인들과 다르게 일을 벌일 때마다 꼬박꼬박 허락을 받는 것만으로도 기꺼운 듯했다.

다른 무인들은 일단 벌여 놓고 보는데, 그는 그러지 않으니 현령으로서는 마음에 들 수밖에 없긴 했다.

작은 일 하나를 진행해도 관에 허락을 받는 무인들은 없다시피 하는 게 현실이니까.

덕분에 허락을 받은 후부터는 그의 전폭적인 지원으로 일이 일사천리로 돌아가기 시작했다.

"저기…… 현령님이 찾아오라고 하셔서…… 왔습니다요."

"하하. 잘 오셨습니다."

"저는 약초꾼도 아니고…… 그저 뱀이나 잡는 땅꾼인데 의원님께 필요가 있습니까?"

"아무렴요."

평여현에서 염가라고 불리는 이. 바로 이곳 평여현 일대에서는 가장 능력 있는 땅꾼이라 불리는 자였다.

드물게도 대를 이어가면서 땅꾼을 하는 이이기도 했기에, 땅꾼으로서는 전통 있는 가문인 셈!

그가 왕정을 마음에 들어 하는 평여 현령이 가장 먼저 지원해 준 땅꾼이었다.

땅꾼으로서는 이 일대를 평정하고 있다 하는 염가가 도와주는 것만으로도 그의 독지 강화 계획은 진일보했다고 할 수 있으리라.

"염가께서는 이 일대의 땅꾼 중에서 제일이라 들었습니다."

"부, 부족하지만 그렇습니다요."

"그 힘을 좀 빌리고 싶습니다. 산에서 나오는 온갖 독사들을 저에게 팔아 주 실 수 있겠습니까?"

독사(毒蛇).

독을 내포하고 있기에 독사라 불리는 그것들은 땅꾼들에게는 귀한 놈이 되곤 한다.

독을 독으로 제거하는 이독제독의 이론을 사용하는 의원

들이나, 독공을 익히는 사천당가와 같은 곳에 비싸게 진상되는 것이기 때문이다.

때문에 강한 독을 내포한 독사를 땅꾼이 얻곤 하면 사려는 자들이 줄을 선다.

독을 익히는 무인에게 잘 보이고 싶다거나 하는 상가들은 비싼 돈을 주고 독사를 사기 위해 첫째로 줄을 선다.

이 순위로는 역시 가끔 독을 필요로 하는 의원들이 사가는 식이다. 거기에 더해서 때때로 암살을 주업으로 하는 살수 문파들도 독사를 구매해 가곤 한다.

굳이 독사가 아니라고 하더라도 약초, 독초, 온갖 기화요초들이 그런 식으로 소비가 된다.

상가 혹은 그를 필요로 하는 자들이 이미 땅꾼들과 오래전부터 거래를 트고 독점으로 사가는 식이라 이 말이다.

그런 이유로 이 일대의 최고 땅꾼으로 유명한 염가의 경우에도 이미 거래 선이 있는 것은 당연했다.

독을 활용할 곳은 의외로 차고도 넘쳤으니까.

"그, 그것이…… 약한 독사들이야 저도 팔 수 있겠지만…… 귀한 놈은…….."

"아아…… 거래처 때문에 그러신 거겠지요?"

"……솔직히 그렇습니다요."

돈이 문제가 아니다.

왕정이 돈을 더 얹혀준다고 하더라도 땅꾼 염가는 함부로 거래처를 바꿀 수 없었다.

상가든 의원이든, 무인이든 간에 어떤 방식을 써서 자신에게 보복을 할지 모르기 때문이다.

재수가 없으면 자신들과 거래를 끊었다는 이유로 자신이 팔았던 독사의 독을 사용해서 중독시킬지도 모른다.

세상에는 땅꾼이 실수로 독사의 독에 물려서 죽었다고 알리면 깔끔하게 처리가 될 일이니까.

아주 손쉽게 사람 하나를 죽일 수 있게 되는 거다.

왕정으로서도 얼마 전까지는 양민이자 사냥꾼으로 살아오면서 염가가 염려하는 부분에 대해서 파악을 하고 있었다.

그만하더라도 사냥꾼 일을 할 때에 잘못 물건을 팔면 횡액을 당하곤 한다는 것을 알고 있었으니까.

'어차피 억지를 부릴 필요는 없다.'

독지를 강화시키겠다고 상대에게 피해를 줄 필요는 없었다.

처음 독공의 시작을 콩, 은행, 감자 같은 것으로부터 했던 자신이 아니던가?

다른 이들이 본래부터 강한 독을 사용해서 독공을 익히기 시작한다면 자신은 자신만의 방법으로 독공을 익히면 됐다.

꼭 강한 독사들을 얻는 것만이 능사는 아닌 것이다.

"거래처를 바꾸기 힘들다고는 하더라도 약한 독사들 정도야 마음대로 거래를 하실 수 있겠지요?"

"물론입니다. 아무래도 약한 독사들은 의원들 몇 말고는 흥미를 못 느끼는지라…… 술이나 담궈서 파는 형편입지요."

왕정이 노리는 건 고급 독사가 아니다.

중급, 하급으로도 충분했다. 그게 그가 생각해 낸 방식의 일환이다.

"그럼 그것들을 되는 대로 얻어서 팔아 주실 수 있겠습니까?"

"곧 봄이고 하니 양이 상당할 겁니다요. 겨울잠에서 깨어나서 한 번에 나오곤 하니 말입니다요."

"수천, 수만 마리가 되도 상관없습니다. 어떻습니까?"

"괘, 괜찮은 거래이옵니다만…… 정말 그것들로 괜찮겠습니까?"

염가는 왕정과 시원스레 거래를 하지 못하니 걱정을 하는 것이다.

왕정이 무슨 보복을 할까 걱정이 되기도 하고, 평여현에 살아가는 사람으로서 현령의 눈치도 보이는 걸 게다.

이래저래 힘없는 양민으로서는 신경 써야 할 것이 많은 법이니까.

특히나 그처럼 자신이 가진 땅꾼으로서의 재능을 자신의 힘으로 지키지 못하는 자는 더더욱 그러하다.

이 모든 게 그가 힘이 없어서다.

왕정도 그의 사정을 알기에 무리를 해서까지 독을 구할 생각은 없었다.

"아무렴요. 독사만 구해서 주시면 됩니다. 주변 땅꾼들에게도 독사를 전부 구매할 의사가 있으니 이를 알려주시면 더 좋고요."

"허엇. 그, 그러시다면야…… 제가 성심을 다해서 움직여 보겠습니다요."

"부탁드립니다!"

"제가 부탁을 드려야합지요. 그럼 독사들을 구해서 얼른 오겠습니다요."

"예. 이왕이면 살아 있는 것들이어야 합니다."

"아무렴요! 그 정도야 문제가 없습니다."

그때부터 본격적으로 독사들을 구할 수 있게 된 왕정이었다.

살아만 있으면 독이 강하든 약하든, 귀하든 귀하지 않든 간에 구매를 해 주니 평여현 일대 땅꾼들로서는 오랜만에 호재를 얻게 된 셈!

당시의 시기마저도 싹이 트이기 시작하는 봄이었던 지라 뱀들이 한창 눈을 뜨기 시작할 시기였다.

"독사 아홉입니다요. 한 놈은 강해서 은자 닷 냥은 쳐주셔야……."

"호오. 확실히 그렇긴 하네요. 귀한 걸 용케도 가져오셨군요."

"……본래는 상가에 바쳐야 하지만 돈이 귀이 쓰일 곳이 있어서 말입니다. 비밀은……."

땅꾼 염가의 소개를 받고 귀한 독사를 팔러 온 것으로 보아서는 그의 말대로 사정이 있는 것이리라.

"비밀 엄수에 여부가 있겠습니까?"

"가, 감사합니다."

"혹여 골병이라도 든 사람이 있는 거라면 저를 찾아오세요. 치료해 드리겠습니다. 다른 건 몰라도 골병은 잘 치료하거든요."

양민들 중에서 중한 병에 걸려서 고생하는 경우는 거의 없다. 대부분이 약한 병을 키우는 경우다.

제대로 영양을 섭취하지 못했다거나, 제때에 쉬지 못해서 병이 커져 앓는 경우가 다수였다.

'쉬운 일이니까. 좋은 독사도 얻었으니…… 후후.'

그 정도의 치료야 왕정으로서 쉽게 가능할 일이기에 그는 호의를 베풀었다. 그로서는 쉬운 일이며 작은 호의였지만 땅꾼에게는 그렇게 다가오지 않았다.

"허엇! 그리해 주시면야 영광입니다! 여편네가 몸이 상해서…… 약값이 필요했거든요."

"하하. 그런 거라면야 뭐 문제가 있겠습니까? 데려오시지요. 그리고 이건 뱀 값입니다."

"치, 치료도 해 주시는데 이걸 받을 수는……."

약값이 필요했던 방금 전이었다면 모를까, 왕정이 치료를 해 주겠다는데 돈이 필요할 리가 없는 땅꾼이었다.

게다가 양민으로서는 큰돈을 가지고 있다가 되려 횡액을 당하는 경우도 더러 있었기에 그는 더더욱 조심스러워했다.

"제값을 드릴 뿐입니다. 어디 가서 소문내거나 하지는 않을 터이니, 아내분이나 데려오시지요."

"가, 감사합니다! 그럼 제 금방 한달음에 데려오겠습니다요."

조심스레 올라왔을 때와는 전혀 다르게 빠른 뜀으로 의방을 내려가는 땅꾼이었다.

산을 내려가는데 날래게 움직이는 것으로 보아 땅꾼으로서도 제법 능력이 되는 게 분명했다.

"하하 참…… 저에게는 별거 아닌데 말이죠."

―능력이 되니 그러한 거다. 좋은 일이다. 이런 식이라면 이 평여현 일대에 금방 영향력을 행사할 수 있을 거다.

"꼭 그런 걸 노려서 도와주는 건 아니긴 해요. 그냥 제가 힘이 없을 때를 아니까…… 마음에 걸려서 그런 거지요, 뭐."

―허허. 네 마음을 내가 왜 모르겠느냐. 네 표현을 빌리자면 겸사 겸사다. 좋은 일도 하고 영향력도 키우는 거지.

"예. 그렇게 되는 거겠죠."

―허허. 인상 펴거라. 나쁜 일을 하는 것도 아니니까.

땅꾼들을 고용해서 뱀을 구한다.

그 뱀을 사용하는 사용처는 따로 있는 터. 아직 뱀이 덜 모여서 계획의 실행이야 나중이다.

거기에 더해 산지나 다름없는 평여현에 땅꾼들을 도와 인심을 얻는 것은 독지를 강화하는 도중에 얻는 덤이었다.

인심을 얻으면 그게 곧 왕정에게 있어 큰 도움이 된다는 독존황의 말을 들은 것이기도 했다.

이유? 간단하지 않은가.

때로 무림인들은 양민들이 가진 힘이라는 것을 무시하지만, 독존황이나 왕정은 양민들이 가진 힘을 알았다.

그들과 협력을 하면 언제고 그에게 도움이 될 거다. 작은 힘을 가진 자들이라도 그들이 모이게 되면 큰 힘이 되니까.

그게 양민들이 가진 힘이고, 세력이 없는 그가 힘을 얻는 방법이다.

'뭐 꼭 그게 아니더라도…… 사람을 돕는 게 나쁜 건 아니니까…….'

모든 것들이 독존황과 그가 세운 계획 하에서 차분히 돌아가고 있었다.

第四章

독지 강화

하나의 산을 넘어 하나의 현에 있는 독사들을 모으면 어떻게 될까?

　아니, 비단 독사뿐만이 아니라 독을 가진 것들을 전부 다 끌어 모으게 되면?

　독초, 독사, 독충.

　대표적인 것들을 떠나 콩 하나, 은행 하나에도 분명 독들이 있다. 독버섯들만 하더라도 아직 밝혀진 것보다 밝혀지지 않은 게 많을 정도다.

　독의 강함, 희귀성에 상관없이 그것들을 모으고 또 모은다면?

숙련도가 깊은 땅꾼, 약초꾼들이 수십씩 달려들어 모은다면?

백 명이 하루에 하나씩만 가져와도 백 개다.

종류에 상관없이, 독만 있다면, 다시 키울 수만 있다면 다 받아들이니 하루 한 개씩이 아니라 한 사람이 백 개씩은 가져온다.

누군가는 소식을 듣고 땅꾼이 아니고 약초꾼이 아니어도 은행나무를 팔겠다고 나섰다.

누군가는 그동안 받은 은혜가 있다고 하며 희귀하다 싶은 독들을 상인들 몰래 왕정에게 넘겼다.

거의 무한대에 가깝게!

그동안 모아 놓은 십만 냥에 가까운 돈들을 죄다 써 버릴 듯이 풀어 버린 왕정이다.

그것들이 독지에 채워지고 또 채워졌다.

사람들은 그가 독공을 위해서 바로 흡수해 버리는 걸로 알고 있지만, 그 모든 것을 흡수하지 않고 모으고 또 모은 왕정이다.

산의 외곽에 마비 독을 더욱 강화하여서 그 어떤 독충도 독사도 빠져나가지 못하게 가두고 모은 것이다.

그 짓을 이화가 다녀가고도 사 개월 정도를 지속했다. 무려 백이십 일!

하루에 백 개 정도의 독충, 독사, 독버섯들만 모이더라도 백이십 일이면 만 이천 개다. 그것을 수도 없이 모았다.

정말 평여현에 모든 독을 다 모아야만 성에 차겠다는 듯이.

쉬이이익. 쉬익.

찌르르.

의방에 들어서자마자 들리는 벌레들의 울음소리, 뱀들의 움직임 소리 그 모두가 그에 대한 보답이자 노력의 증거다.

"이 정도면 모일 만큼 모이긴 했네요."

─그렇구나.

"미친 짓이기도 하겠지만, 어차피 중간에 죽어버리는 건 죽어 버린 대로 흡수하면 될 테니까요."

─어느 쪽이든 네게 손해는 없다. 일이 계획대로 진행되지 않는다고 하더라도 다 흡수하면 될 일이다.

그들이 계획한 것은 인공적인 독지 생성!

자연적으로 만들어지는 독지에는 자연스레 독을 가진 많은 생물들이 모여드는 것을 근거로 하여 시작된 일이다.

감자와 콩 등의 작은 규모로 독을 만들어 내던 것을 크게 키운 것이기도 했다.

"독이 모이면 또 다른 독이 생성되는 게 맞는 거겠지요?"

─아무렴. 네가 독정을 가지고 나서부터는 독을 쉽게 흡

수할 수 있는 것과 같은 이치다.

"강한 독은 약한 독을 흡수할 수 있다. 뭐 이런 거군요?"

—그래. 농도가 짙은 곳으로 연한 것이 흘러들어오는 것과 같지. 꼭 그렇지 않더라도 상관은 없다.

"상관이 없다고요?"

—그래. 너처럼 의식적으로 독을 흡수하지 않고, 서로 잡아먹는 것만으로도 독기는 늘어날 게다.

"흐음……."

—허헛. 너무 걱정하지 말거라. 이러한 방식은 이미 오래전부터 있어 왔던 것이니까.

고대로부터 있던 방법.

그것은 독충, 독사에 상관없이 독을 가진 백 마리의 생물체를 한곳에 넣어 강한 독을 키워내던 방법을 말함이다.

처음 백 마리의 독을 가진 생물들은 한데 모여 사투를 벌이기 시작한다.

독을 가지고 있기에, 자신만의 무기를 가진 그것들은 끊임없이 독을 내뿜고 싸우는 게 본능이었다.

약한 독을 가진 것들은 처음 한 번의 충돌로 독을 빼앗긴 채로 죽게 돼버린다. 아니면 독기를 내뿜어 그들이 갇힌 곳에 독을 풀어 놓든지.

어느 쪽이든 약한 독을 가진 것은 쉽게 죽어 버린다.

거기서부터 시작이다.

시간이 계속 지나가면 결국 백 마리의 독을 가진 것들 중에서도 하나만이 남게 된다.

운이 좋아서든, 독이 강해서든 상관없이 살아남은 한 마리의 독은 처음 사투를 벌이기 이전보다 강할 수밖에 없었다.

약한 것들이 풀어 놓은 독을 버티고, 먹어서 흡수하고, 살아남았으니까!

무인으로 치면 구십구 명과의 혈투를 벌여 어떻게든 살아남았기에 강해질 수밖에 없는 것이다.

살아남은 그 자체로 강할 수밖에 없는 것이다!

그렇게 생겨난 독들을 흡수하여 독력을 키워가는 자들이 운남성의 독곡에 있다.

자연적으로 만들어진 독지에서 살아남은 독을 가진 생물들을 한 번 더 선별하여 독공을 익히는 것이다.

때문에 독곡에서는 수련을 하다가 죽는 자들이 태반이다.

워낙에 강한 독을 가진 생물을 가지고 독공을 익히다보니 죽는 자들이 많을 수밖에 없는 것이다. 흡수하기도 전부터 강한 독이니까.

대신에 그들은 한 번, 한 번 독을 흡수할 때마다 몇 배로 강해지고는 한다. 목숨을 걸고 독을 흡수하여 수련을 하는 것에 대한 대가다.

아주 가끔이지만 독곡에서 독을 익힌 자들이 나오곤 하면, 그자가 당대에 최고의 독공의 고수로 불릴 정도다.

소문을 좋아하는 호사가들이 천하제일인에 가장 가깝다고 칭할 정도!

독공을 수행하는 과정 중 죽는 사람만 적어지더라도 천하를 재패할 세력은 독곡이라고 일컬어지는 이유기도 하다.

왕정은 운남에 있는 독곡의 방식을 차용하고 있는 것이다.

사천당가에서도 하지 않았던 일이고, 그 누구도 시도해 보지 않았던 일이기에 이를 시행하는 왕정으로서도 그 결과를 예상하기 어려웠다. 그런 그가 떨리는 것은 당연한 이야기였다.

'규모가 너무 크긴 하단 말이지……'

고작해야 백 마리의 독충, 독사들을 한데 모아서 독지를 만드는 것 정도가 아니라 무려 수천 수만 가지의 독초, 독사, 독버섯, 독충들을 모았으니까!

단순히 백 마리 정도의 규모는 아득하게 뛰어넘어 버린 것이다!

산 하나를 독지로 만들고 실험장으로 만들었으니, 그 누가 이러한 규모를 뛰어넘을 수 있을까.

고금에 들어서 이런 짓을 할 만한 자는 역시 왕정밖에 없는 것이다.

게다가 모든 계획은 여기서 끝이 아니라 시작이었다.

단순히 독지에 독을 모았다고 해서 끝이 난 것은 아니다. 여기에 한 가지를 더 보태야 했다.

"……여기에 매일같이 제 독정에 있는 독들을 흩뿌려 줘야 한다 이거죠?"

—그렇다. 아직 독정을 외부로 만들 실력은 아니더라도, 독의 농도를 조절해서 풀어내는 것은 가능하지 않느냐.

"예. 백해단, 십해단을 만들면서 수도 없이 했지요."

온갖 독을 가진 생물들을 모아 놓고, 왕정은 거기에 대고 또 독을 줄 생각이었다. 그들이 적당히 흡수할 수 있을 만한 독들부터 시작이었다.

시간이 지나면?

점점 더 강한 독들을 풀어낼 것이다.

그렇게 되면 독을 가진 것들은 둘로 나뉠 수밖에 없다. 왕정의 독에 죽어버리거나, 어떻게든 버텨내서 살아남거나!

'죽어 버린 것들은 내가 재흡수를 하면 되는 이야기고…….'

살아남은 것들의 독은 강해질 수밖에 없다. 독을 흡수했으니 강해지는 게 당연한 일이다.

거기에 더해 그것들은 쉼 없이 싸우고 또 싸울 거다. 이 좁은 산에 수만여 마리의 생물들을 풀어 놓았으니 싸우지 않으면 그게 이상하다.

수만 마리의 생물들이 각자의 영역을 이루기에는 좁디좁은 산이 왕정이 머물고 있는 산이니까 당연한 수순이다.

독을 주고, 싸우게 하고, 살아남게 한다.

"앞으로 백 일. 삼 개월이 좀 넘겠군요."

—그래. 준비를 해 왔던 기간까지 더하면 근 일 년에 가깝겠구나.

"하하. 미친 짓인 건 알겠는데…… 왠지 재밌을 거 같단 말이죠. 제가 이상한 거려나요?"

—허허. 이런 일을 하는데 가슴이 두근거리지 않으면 그게 이상한 것이겠지. 자아, 움직여 보자꾸나.

앞으로 백 일.

그의 계획대로라면 이 산은 완전히 독지가 된다.

독에 버티지 못해 죽어 나자빠진 생물들은 독을 내뿜어 독지를 만드는 데 일조를 할 것이다.

그에 더해서 왕정이 풀어 놓은 독까지 더해 풀 하나, 버섯 하나, 나무 하나까지 모두 독을 가지게 될 거다.

살아남은 것들은 살아남은 대로 전보다 수십, 수백 배는 강한 독을 가지게 되겠지.

그렇지 않으면 살아남을 수조차 없을 테니까!

'시작해 보자.'

세상 그 누구도 하지 않았을 미친 짓이 왕정에 의해 시작
됐다.

＊　　＊　　＊

찌익.

작은 벌레가 풀잎을 뜯어먹는 아주 미세한 소리니 사람의
귀로는 들리지 않을 만한 작은 소리다.

먹어야만 생명을 유지할 수 있는 것은 작든 크든 당연한
이야기다. 먹이를 먹는 것은 벌레로서는 살아남기 위한 당
연한 행위였다.

사람이 가진 이성이라는 것이 없는 만큼 본능에는 충실한
것이 곤충이다.

그렇기에 자신이 먹을 수 있는 것에 대해서는 구분이 가
능할 터.

이곳에 오기 이전까지 먹고 살았던 것을 먹었을 뿐이니
벌레가 잘못한 것은 아무것도 없었다.

본능대로 행동했을 따름이다.

하지만.

파드드드득. 파득.

살기 위해서 풀을 조금 뜯어먹었을 따름인데 벌레는 못 먹을 것을 먹었다는 듯 몸을 뒤집고 부르르 떤다.

무언가가 곤충에게 고통을 주는 것이 분명했다.

그리고 이내 한참을 부르르 떨던 작은 벌레는 그대로 죽어버렸다. 살기 위해 먹은 것에 죽임을 당한 것이다.

그런 벌레를 또 먹는 조금은 더 큰 곤충들.

그들 중에서도 일부가 또다시 목숨을 잃는다. 이 또한 먹을 것을 먹었을 뿐인데 목숨을 잃은 것이다.

이곳에 오기 전까지만 해도 당연하기만 했던 것들이 작은 생물들에게 죽음으로 다가오고 있었다.

찌이익!

벌레들보다는 조금 큰 생물들이라고 하더라도 예외는 별로 없었다. 살기 위해 먹고, 살기 위해 먹은 것에 죽는 것들이 계속해서 나타났다.

마치 이곳은 무언가를 흡(吸)한다는 개념이 전부 죽음으로 이어지는 곳인 듯했다.

하지만 사람이 그러하듯 결국에는 적응을 할 수 있는 것일까?

아니면 죽음의 대지 안에서도 삶은 계속해서 이어지는 것이 진리인 것일까.

찌이익!

독을 내포한 벌레를 먹고도 살아남은 쥐들이 있었다. 백 중에 하나, 둘 꼴이지만 분명 살아남았다.

사아아악. 사악.

독을 내포한 작은 생물들을 먹고 겨우겨우 버텨 나가던 뱀들 중에서도 살아남은 것들이 생겨났다.

처음 수만 마리의 생물들 중에서 삼분지 일이 죽어나가기 시작하자 적응을 하는 데 성공한 것들이 생겨났다.

작은 벌레들도 더 이상 독을 내포한 풀잎을 뜯어먹고도 죽지 않았다.

적응을 한 것이다!

살아남기 위해서!

살아남는다라는 지상 최대의 명제를 지켜내는 데 성공한 것이다.

하지만 이 모든 일을 일으킨 자는 한 점의 자비도 없었 다. 아니, 원래 그래야만 한다는 듯이 당연하게 행동했다.

"자아…… 다음 단계로 가자."

그는 겨우, 겨우 적응을 해 낸 그들에게 독을 풀었다.

그들 중에서 다시 삼분지 일이 죽어버릴 만큼만 독을 풀 었다.

전보다 강한 독들이었고, 다시 적응을 해 내기에는 목숨을 걸어야 할 만큼 강한 독이었다.

시이익!

더 큰 생물이 되기 위해서 허물을 벗던 뱀들이 제대로 허물을 벗지 못한 채로 목숨을 잃어 갔다.

독초로 알려져 안 그래도 다가가기 힘들었던 식물들이 더욱 강한 독을 뿜어내기 시작했다.

한 번의 적응에 더한 또 한 번의 적응.

시일이 지날수록 수만 마리의 생물들은 죽고, 살아남고를 반복해 나아가더니 몇 번의 반복 끝에 완전한 적응에 성공해 냈다.

"호오…… 신기하긴 한데요?"

―그렇구나.

뒤늦게서야 투입되었던 종들 가운데서는 일부가 살아남는 데에 성공했다.

십만 냥에 가까운 돈을 소비해서 만들어 놓은 독지, 그리고 그 안에서 살아남은 생물들은 분명 전보다 몇 배에서 수십 배씩 강해졌다.

풀 한 포기가 내뿜는 독이 칠점사의 독에 맞먹어 버릴 정도다.

찌르르르 하며 울고 있는 벌레 한 마리의 독이 사람 여럿은 쉽게 중독시켜 버릴 만큼의 독을 내뿜었다.

으드득.

그런 벌레를 좋다고 씹어 먹는 쥐들은 독 따위는 신경도
쓰지 않는다는 태도다.

작은 독을 내포하고 있길래 새로 만들어진 독지에 별 기
대도 않고 풀어 놓았을 뿐인데 예상 외로 적응이 빨랐다.

쉬익.

뱀들은 그런 쥐들을 잡아먹고 허물을 벗었다.

독기가 워낙 강했기에 그들이 벗은 허물만 만져도 손의
껍질이 벗겨질 정도다.

풀 한 포기, 나무 한 그루, 작은 벌레 하나 보통의 것들이
없었다.

"정말…… 돼 버렸네요. 진짜 독지가."

―그래도 아직 한 단계가 남아 있었다. 좀 더 기다려 봐
야겠지.

이 산에 있는 것 하나만 잘 흡수해도 전에 비해서 독력이
꽤 늘어날 거다. 사용할 수 있는 독의 종류 또한 늘어나는
것이 당연했다.

같은 종이라고 하더라도 이곳에 있는 것은 독지 그 자체
에 적응하고 살아남은 강한 종이었으니까.

독의 힘 자체가 다르고, 전에 비해서 진화했다고 표현해
도 부족함이 없을 정도다.

왕정이 원한 대로, 독존황이 미리 예측을 한 대로 이곳은 정말 독지가 되었다. 인공적이지만 나름 성공적이었다.

단 한 가지만 빼고.

—네가 사냥법과 무공을 조화시켜 새로운 방식을 얻었듯, 이 할애비도 독지에 관한 부분을 생각하고 만들어 냈다.

"예. 이 계획은 할아버지가 짠 거나 다름없긴 하죠."

이쯤 되니 말을 하지 않아도 알 만했다.

독존황은 독곡 출신의 인물이 분명했다. 잘 알려지지 않은 독곡 내부에서도 문파를 이룰 정도인 곳의 문주였을 게다.

그는 무공에 미쳐 있었고, 왕정에게 빙의를 하고서도 무공에 여전히 미쳐 있었다. 그에게 무공이란 평생이고 전부였으니까.

그런 그에게 왕정이 그동안 보여준 모습은 신선한 충격이었다!

살아생전에는 무시하기만 했던 사냥꾼의 기술을 무공에 조금 활용했을 뿐인데 삼류의 실력으로 일류를 이길 수 있을 줄이야!

게다가 그 뒤로 절정의 독공을 익혔다지만 홀로 이천의 산채를 몰살 시켜 버렸다.

무림사를 통틀어서 찾기 힘들 일을 단순히 사냥법의 조화만으로 해 낸 왕정이었다.

─흠…… 천재가 아님에도 말이지.

차라리 왕정이 독존황 자신과 같은 천재였다면 이해는 했을 거다. 범인을 뛰어넘는 천재란 범인들은 예상치 못할 일을 쉽게 해내곤 하니까.

하지만 독존황이 보기에 왕정은 천재는 아니다.

기감을 익히는 데도 보통 사람보다 느렸듯이, 그는 잘해야 범재 정도다.

천재적인 부분이 있다면 오직 응용력 하나뿐이다!

가진 것을 활용하고 섞어서 사용할 줄 아는 응용력!

그 하나만으로 왕정은 지금의 경지에까지 왔고, 높은 경지에 이른 독존황에게도 세상을 달리 보게 하는 시야를 주었다.

서로 다른 분야를 합쳐서 새로운 힘을 얻을 수 있음을 왕정이 보여줌으로써 새로운 시야를 준 것이다.

덕분에 인공적으로 독지를 만들 수도 있다는 생각을 해낸 독존황이다.

처음 시야를 만들기 이전에는 생각지도 못했던 방법을, 새로운 시야를 얻은 것만으로도 쉽게 생각해 낸 것이다.

─……재밌는 손주란 말이지. 허허. 새로운 방법들을 찾는 것도 말년의 재미겠지.

독존황이 무슨 생각을 하는지도 모르는 채로 왕정은 앞으로에 대해서 걱정을 하고 있었다.

인공적인 독지 생성 계획의 구 할 정도가 완성되긴 했지만, 남은 마지막 일 할이 워낙 중요하니 걱정을 할 수밖에 없는 것이다.

"후아…… 되겠죠?"

─되어야겠지.

독지 완성 계획의 마지막 일 할. 모든 것에 있어서 마지막 고비이자 계획이 모두 성공했다는 증거.

그것은 바로 짝짓기다!

인공적으로 독지를 만든다는 계획은 분명 획기적인 방식이었다. 어디에도 없던 것을 만들어 내는 방식이니까.

하지만 이 역시 한 번은 어떻게 하더라도 그 이상은 무리일 수 있다.

산 하나를 독지로 만드는 데도 몇만 냥이다. 돈을 쓸어 담는 자라고 하더라도 금자 몇만 냥의 소모는 분명 뼈아픈 액수다.

왕정만 하더라도 당장에 백해단을 구하는 자들이 없었더라면 독지 만들기 자체를 시도도 못했을 거다.

왕정이 아닌 다른 문파들이라고 해도 그러하다.

금자 몇만 냥이 개 이름도 아니고, 저마다 예산이 있으면 그 예산이 쓰일 곳이 정해져 있기 마련이다.

몇 만냥씩을 그냥 쓸 수 있는 것은 왕정이나 되니까 할 수 있는 일인 것이다.

순수하게 돈을 몇만 냥씩 들인 덕분에 평여현에는 호황 아닌 호황이 생기게 되었다지만, 왕정으로서는 떨릴 수밖에 없었다.

"으음…… 본격적으로 짝짓기를 시작하는 시기가 오려면 이제 한 달 정도 남았으려나요?"

─네가 더 잘 알지 않느냐. 사냥꾼이라면 그거야 기본일 테니까.

"알죠. 으으. 그때 짝짓기들을 잘 해줘야 할 텐데 말이죠."

─염려 말고 기다려 보거라. 되려 생존률이 낮을수록 짝짓기를 시도하기도 하는 게 짐승이니까.

이곳은 독지라는 새로운 생태계를 가진 산이다.

독지 내에서 하루, 하루를 겨우 겨우 살아남던 생물들도 조금씩 이지만 움츠렸던 몸을 펴기 시작했다.

왕정이 여섯 번 정도 독을 강화해서 풀어내고 나서부터는 더 독을 강화시키지 않으니 적응기가 끝난 것이다.

그 뒤부터는 자연스레 영역들이 정해졌다.

초목들이야 그대로 자리를 지켜서고 있었지만, 그것들을

기준으로 작은 생물부터 큰 생물에 이르기까지 영역을 잡기 시작한 것이다.

작은 생물들을 잡아먹는 것들은 큰 영역을, 작은 것들은 그들 나름의 작은 영역을 잡았다.

그리고 그때부터가 녀석들의 산란기의 시작이었다.

"오오오!"

왕정이 감탄을 할 정도로, 놈들은 영역을 잡자마자 짝짓기를 하고 자식을 낳기 시작했다.

특히나 피를 뿜어내게 하는 독을 내포한 혈서(血鼠)라고도 불리던 것들은 쥐의 종류라 그런지 그 속도가 보통이 아니었다.

혈서들이 번식하니 그것을 잡아먹고 독사들은 새끼를 쳤다.

작은 영역 내에서도 새끼를 치고 수가 불기 시작하니 다시금 서로가 잡아먹고 영역을 재편해가기 시작했다.

자연적으로 있던 생태계처럼 수를 불리고, 서로 잡아먹으면서 줄어가고 하는 것을 반복하기 시작한 것이다.

"성공이군요!"

―허허. 되었다. 이제부터는 이것들을 이용해서 부족했던 내공부터 늘리자꾸나.

"예!"

자연 독지이자, 그만의 영역을 만들어 내는 계획의 성공이었다!

독공을 연성하는 자가 하나의 독지를 소유하고 있다는 것은 그 무엇보다도 큰 재산이다.

금자로 어마어마한 돈을 불어 넣었지만, 이제부터 이곳에서 만들어지는 독을 이용한다면 그는 분명 강해질 수 있을 거다.

"후후…… 이제부터 시작이로군요."

강해질 거다.

'개인의 힘을 뛰어넘을 수 있을 만큼.'

홀로 수천을 상대할 수 있다는 것은 이미 산채 하나를 처리하는 것으로 증명을 해낸 바가 있는 터.

단지 사천당가는 산채에 비해서 좀 더 강한 것들이 모여 있다고 생각하면 된다.

그에 맞춰서 자신은 좀 더 강한 독을 이용해서 적들을 압살시키면 될 일이고. 이자를 톡톡히 받아내기 위한 기반이 마련되었다.

第五章

변화가 일어나다

"흐흐. 이거…… 내공 늘리는 게 정말 사기적으로 쉽네
요."

―연독기공이 여타 독공들에 비해서 쉽게 독을 흡수할
수 있어 그렇다.

"예. 그것도 그거지만…… 이렇게 독들이 많으니 그럴
수밖에요. 후후. 이거 독공이 최고 아니에요?"

―꼭 그렇지만도 않다. 대부분은 독정을 만들지 못하는
독공을 익히는 형편이니까.

"독정을 못 만든다고요?"

왕정은 진정 깜짝 놀랐다.

독공을 익히면 독정을 얻는 것은 당연한 것이 아니었던가? 그는 그게 당연한 줄 알았다.

독정도 없이 독을 흡수해서 쌓으려면 죽을 고비를 얼마나 많이 넘겨야 하던가? 죽을 고비를 익히며 무공을 익히는 걸 평생 해야 한다고?

독정이 없으면 왕정이라고 하더라도 독공을 익히는 것을 다시 생각해 봐야 할지도 모를 일이다.

왕정 자신만 하더라도 독정이 있고 나서부터 쉽게 독을 흡수하기 시작한 거지 그 전에는 고생 좀 했었다.

잘못하다가 죽을 고비를 넘긴 적도 있지 않았던가.

그런데 다른 독공들의 경우에는 독정을 만들어 내지 못하는 독공이라고 하니 놀랄 수밖에 없었다.

―독정. 다른 말로 독단을 만들어 내는 무공이라는 게 그리 흔한 줄 알았더냐?

"……에 뭐. 연독기공이 대단한 거야 귀에 딱지가 앉을 정도로 들었죠."

솔직히 말해 무공에 대한 지식이 바닥에 가까웠던 왕정이 아니던가.

독존황이 연독기공의 대단함에 대해서 설파를 하더라도, 그저 자화자찬이겠거니 생각했던 왕정이다.

그래도 쓰고 보니 약한 건 아니니까 좀 뛰어난 무공이다라는 느낌 정도였달까?

'그런데 이렇게 듣고 보니 느낌이 좀 다르네…….'

연독기공은 육성부터 독정을 만듦으로써 만독불침(萬毒
不侵)은 아니더라도 그에 가까워지게 된다.

절정에서부터 독정을 가짐으로서 쉽게 쉽게 독을 흡수하
게 되는 거다.

그런데 그것이 연독기공이 아니고서야 아예 형성하기 힘
든 경우도 있다고 하니 놀랄 수밖에.

"그래서 독공의 고수들이 적었던 거군요."

―그렇다. 잘못 익히게 되면 수련을 하다 죽는 경우가 흔
하기 때문이다.

"흐음…… 연독기공을 전문적으로 익히는 문파가 있으
면 천하무적이 될지도 모르겠네요."

―허허. 비인부전이라는 말이 괜히 있는 게 아닌 게야.

"쳇…… 가끔 가다보면 무림인들도 참 쩨쩨하다니까요.
그냥 좀 건네주고 잘 먹고 잘살면 되는 거지."

―누군가가 목숨을 걸고 만들기도 하는 것이 무공이란
것이다. 그런 소리는 말려무나.

"예."

무공을 전수하는 부분에 관해서만큼은 완고함이 느껴졌
기에, 이에 대해서 더는 말을 않는 왕정이었다.

그도 독존황과 오랜 기간을 지내다 보니 말을 가려서 할 줄 알게 된 것이다.

'그래도 좀 아깝긴 한데…… 다들 강해지면 뭐가 나쁘다고. 흐음…… 대충은 이유가 이해야 가긴 하지만…….'

그래도 속으로까지 생각하는 것은 멈추지 않는 왕정이었다.

여러 이유들이 있어 무공을 함부로 전수하지 않는 것이야 이해가 된다.

하지만 한편으로는 전수를 함으로써 얻을 이득도 있기에 왠지 아쉬운 것이다.

그렇다고 해서 그가 손수 나서서 사람들에게 무공을 전할 이유도 없는지라 그는 자신의 수련에 집중을 하기로 했다.

"어쨌거나 오늘도 혈서들을 흡수하는 게 좋겠죠?"

―괜히 쥐가 아닌지…… 생각보다 쉽게 수를 불리니 그것들부터 적정 수까지는 흡수를 해야겠지.

"예. 어서들 다 흡수해서 강해져야죠. 후후."

찌이익. 찌익.

독지에 적응하는 데 성공을 해낸 혈서들이 왕정의 손에 의해 독을 흡수당하며 죽어나가기 시작한다.

조금씩이지만 독정을 늘려감으로서 점점 강해져 나가고

있는 왕정이었다.

*   *   *

사천성.

구파 일방 중 둘이 있는 사천에서도 가문으로서 우뚝 선 곳이 있었으니 그곳이 바로 사천당가다.

"네가 시험을 해 보겠다고?"

"예! 가만 생각해 보면 저희가 직접 움직여서 기를 죽여 보는 것도 나쁠 것은 없지 않습니까?"

"흐음……."

작금의 당가는 당기전이라는 가주가 이끌고 있었다.

중년에 막 이른 자처럼 보이지만 삼십의 나이를 먹은 첫째가 있을 정도다. 무공이 경지에 이르렀기에 젊어 보이는 것이다.

좋게 말하면 곱게 늙어 가고 있는 외모였다.

무림인치고는 고생을 그리 하지 않은 듯한 모습이고, 또한 그만한 힘을 가진 자이기도 했다.

그는 태어나면서부터 당가의 벌모세수를 받아 이십 대란 나이에 절정의 고수에 들었던 전력이 있었다.

타고난 재능은 그리 높지 않았으나, 가문의 지원이 부족한 점을 채워 줬기에 중년에 들어서는 초절정의 끄트머리에까지 거의 닿아 있었다.

단 한 걸음.

한 번의 깨달음만 더 있다면 초절정을 뛰어넘어 화경이자 독인의 경지에 오를 수 있다고 칭해지는 자다.

그가 독인이 되게 되면, 전대의 가주와 장로를 포함하여 독인만 하더라도 셋이 될 수 있을 정도다.

고수들의 수를 감안하면 분명 작금 당가의 위세는 그리 낮지만은 않았다.

아니, 되려 사천성에서만큼은 그 위상이 계속해서 높아지고 있다고 봐도 무방했다.

구파일방 중 두 곳, 청성과 아미파가 사천에 있는 것을 감안하면 분명 대단한 위상인 셈이다.

그런 상태에서도 욕심은 끝이 없는 것인지 가주 당기전과 가주의 삼남 당이운은 협잡 아닌 협잡을 하고 있었다.

"하살문(下殺門)을 홀로 죽였다고 알려진 녀석이다. 아무리 너라 해도 어려울 수가 있는 게야."

"하…… 운이 좋았을 겁니다. 미리 준비를 하지 않았습니까? 저희 당가만 하더라도 저희의 가문 안에서는 무적입니다!"

당가가 무서운 이유는 둘이다.

하나는 은혜는 은혜로, 원한은 원한으로 갚는 그들의 가풍 때문이다.

이유를 막론하고 자기 가문의 사람이 당하게 되면 무슨 수를 써서라도 갚는 자들이 당가의 사람들이다.

그게 설사 정파인으로서 하지 못할 짓이라고 하더라도 그들은 쉬이 하곤 한다.

실용적이라고 한다면 실용적인 방식이지만, 가끔이지만 정파 내에서 정파인 취급을 못 받는 이유가 바로 이러한 이유 때문이다.

그들이 무서운 다른 이유는 바로 그들이 머물고 있는 사천당가 그 자체다!

세상에 있을 온갖 독들을 한데 모으고, 그를 활용하여 기문진식을 짠 곳이 사천당가다.

시간이 흐르면 흐를수록 그것들을 강화해 나가며 자신들만의 터전을 만든 당가다. 그들은 끊임없이 연구하고 움직인다.

독, 기관, 진.

단 하나만 놓고 보아도 보통의 것들이 아닌 것인데 그 세 가지를 합쳤으니 그 위력이야 오죽할까!

피를 두려워하지 않는 마교조차도 사천을 쳐들어올 때면 당가에 직접 쳐들어오기 보단 유인을 할 정도이니 그 위력이야 더 말하지 않아도 알 정도인 게다.

당가의 사람들은 지금 이 순간도 멈추지 않고 자신들의 터전을 계속해서 강화해 나가고 있었다.

"설사 놈이 독공에 저보다 강하다 하더라도 제게는 암기술이 있지 않습니까? 붙어서 질 리가 없습니다!"

당이운의 경우에는 대체로 인물이 좋은 편이었다. 다만 지나치게 쫙 찢어진 듯한 눈매가 흠이라면 하나의 흠이었다.

눈매 하나만으로 좋은 인물이 꽤 야비해 보이는 것으로 비춰지고 있었으니까.

그래도 당가의 직계이자, 좋은 재능을 타고나 두 형들보다도 높은 성취를 보이고 있는 그이기에 눈매 따위야 작은 흠도 되지 못했다.

실력이 모든 것을 말해 주는 것이 무림이니만치, 외모야 어쨌든 그 능력으로 가주의 사랑을 받고 있는 것이다.

현재로서는 첫째인 당인운보다는 약하지만 언제고 따라잡을 만한 속도를 보이고 있는 그였다.

그 때문인지 그는 자신감이 가득 차다 못해 하늘을 뚫고 올라설 정도인지라 계속해서 자신의 주장을 당가주이자 아버지인 당기전에게 설파하고 있었다.

"분명 무공으로는 네가 앞설 수 있다. 하지만 모양새라는 것이 있지 않더냐."

"하하. 그 녀석에 대한 소문은 이미 들으시지 않았습니까? 하살문에서 나온 금자에 입을 다문 녀석입니다."

"크흠……."

왕정이 살수 문파에서 얻은 돈으로 자신들의 목을 죌 생각을 하고 있다는 것은 전혀 예상치도 못하는 당이운이었다.

"죽이자는 것도 아닙니다. 단지 기만 죽이자 이겁니다. 확인만 하자 이거지요."

그는 왕정에게 확인을 해야 함을 설파했다.

그가 과연 당가 사람인 당이운을 보고 어떤 태도를 취할지가 궁금한 것일 게다.

물론 거기에는 자신의 또래에 있는 왕정이 자신보다 유명하다는 것에 대한 질시도 섞여 있었다.

'허허…… 괜히 들쑤실 필요는 없을지도 모르거늘…….'

하지만 당가 가주 당기전의 생각은 또 달랐다.

살수 문파를 투입했던 그지만, 의뢰를 하던 그 당시에야 왕정의 힘이 약한 줄로만 알았다.

하지만 뚜껑을 열고 보니 하살문이라는 어엿한 살수문파 하나를 홀로 무너트리지 않았던가?

운이든 실력이든 간에 무림은 결과가 말해 주는 곳이니 왕정은 분명 그가 모를 한 수를 가지고 있는 셈이다.

과연 그만한 힘을 가진 존재가 금자 몇만 냥에 입을 싹 닫아주겠다는데 더 건드릴 필요가 있을까?

상대가 조용히 입을 닫고 있는 상황에?

해독을 계속하고 있다는 점에서 거슬리기는 하지만, 이대로 그냥 두는 것이 나을 수도 있었다.

'하지만 운이의 말도 틀리진 않다…….'

문제는 삼남인 당이운이 말하는 주장도 그리 나쁜 주장은 아니라는 게 문제였다.

상대가 과연 정말로 자신들에 대한 원한을 잊고 있는지, 과연 어느 정도 힘을 가지고 있는지 눈으로 확인하는 것도 나쁘지 않은 제안이었다.

왕정이란 자가 원한을 가지고 있는 걸 확인하면 무너트리면 될 일이고, 없다면 그건 그거대로 당가의 위신을 세울 수 있을 테니까.

'어느 쪽이든 당가에 손해가 있을 건 없다.'

어차피 왕정이란 자가 힘을 가지고 있다고 하더라도 그는 결국 개인이다.

그가 준비를 해서 살수 문파 하나를 무너트릴 수는 있어도, 감히 사천당가를 무너트리지는 못할 거다.

이런저런 생각을 하던 당기전이 결국 하나의 결론에 도달했다.

'운이가 세상 경험도 할 겸 나서 보는 것도 좋겠지.'

적당히 힘을 가진 자를 만나는 것도 좋은 경험이라고 쉽게 생각해 버리기로 한 것이다.

조금 힘을 가졌다고 하더라도 왕정이야 언제든 제압 가능한 인물이라 생각하기에 이런 결론을 내릴 수 있었던 것일 게다.

무림에서 오대세가라 일컬어지는 당가의 가주이기에 가질 만한 오만이고 편견이었다.

"좋다."

"하하. 감사합니다. 가서 확실히 기를 죽여 놓고 오겠습니다!"

당이운이 가주와 함께 있던 집무실을 나서자마자 그와 마주하는 여인이 하나 있었다.

인물이 좋다 알려진 당가의 여인인 것을 증명하는지 그녀는 보통 이상의 아름다움을 간직하고 있었다.

당이운과 비슷하게 약간은 날카로운 눈매를 가진 것이 흠이라면 흠이다.

하지만, 혜안을 간직한 눈동자 덕에 눈매의 매서움이 어느 정도 사그라진 듯한 인상을 주는 여인이었다.

가장 큰 매력이자 사람을 빨아들일 듯한 깊은 눈을 간직한 그녀가 가주실을 나선 당이운에게 물었다.

"굳이 그래야 하나요?"

당이운이 답답하다는 듯이 여인을 바라보면서 말한다.

"혜야. 당연한 이야기다. 우리 당가의 것을 건드리지 않았더냐?"

"의술로 사람을 치료했을 뿐입니다. 우리가 그를 건드린 적은 있어도 그가 우리를 건드리지는 않았지요."

"하…… 그에 대해서는 더 논할 가치가 없는 것 같구나. 이미 여러 번 이야기했지만 접점이 없지 않았더냐."

"……하지만 자고로 정파의 무인이라면 그리해서는 안 됩니다."

"너와 나의 방식이 다를 뿐이다. 아니, 내가 세상을 더 영민하게 살아가는 거겠지. 언제까지 책 속의 삶처럼 고리타분한 말만을 하고 살 것이더냐."

"……."

당가의 사람이면서 몸이 약한 그녀다. 그 '사건' 때문.

그 일에 얽혀 있던 당가의 요인들은 두문불출을 한 채로 당가에 묶여 살아갈 뿐이었다. 세상과는 전혀 무관한 것처럼.

특히 당가의 직계인 그녀와 그녀의 둘째 오빠가 그 사건에 얽혀 있었기에 당가 내부적으로는 꽤나 큰 문제기도 했다.

독공을 익히는 가문이라면 있을 법한 사건이었지만, 직계가 얽힌 일이었으니까.

때문에 가주의 둘째인 당철운은 지금 이 순간까지도 죄책감에 묶여 있었다.

피해자인 막내 당혜미는 무가의 자식이면서 무공을 제대로 익히지 못하는 삶을 살아가고 있었다.

당가주가 독인이 되어 독인이 셋이 되면 당가의 비전으로 해결을 할 수 있었다.

하지만 독인이 되는 것이 보통 일은 아니니 언제 사건이 해결될지는 아직 지켜보아야 할 일이었다.

잠시 동안 서로 눈을 마주치며 서 있던 둘은 결국 서로가 접점을 찾을 수 없다는 것을 이해한 듯하다.

아니, 당이운이 가진 매서움을 보아 하니 타협 자체를 생각하지 않는 듯했다.

'……휴우. 외도를 걸어야 남는 것은 원(怨)뿐인데.'

결국 막내인 당혜미는 아쉬움을 간직한 채로 마지막 첨언을 할 수밖에 없었다.

"가시더라도 너무 막 대하지는 마세요."

"혜야. 너를 봐서라도 그리 하도록 하마."

"예. 보중하시기를······."

그녀가 더 있을 필요는 없다는 듯 멀어져 간다. 그런 그
녀를 잠시지만 안타까운 눈으로 보는 당이운이다.

의견의 차이가 나서 대립을 한다고 하더라도 피로 이어
져 있는 동생이 아니던가.

동생이 정상이 아닌데 속이 편할 정도로 쓰레기는 아닌
당이운이다.

속이 쓰릴 수밖에.

"세상을 못 나가 보았으니······ 저리 생각을 할 수밖에.
하······ 괜히 기분만 잡쳐버렸군."

그는 그 나름의 방식과 생각으로 자신의 동생 당혜미를
안타까워 할 뿐이었다.

                    *   *   *

화려한 대전 안이다.

자신들의 위세를 증명해야 한다는 듯 온갖 귀물들로 넓
은 대전을 채우고 있는 것으로 보아 대전의 주인은 보통 사
람이 아님이 분명했다.

수백의 사람들로 채울 만한 공간임에도 대전 안에는 단
두 명만이 남아 대화를 하고 있었다.

가장 상석에 오른 자는 대전의 주인이 분명했다.

상대적으로 밑에 위치한 자는 공손한 태도를 보건대 대전의 주인에게 충성하는 자일 것이다.

가장 상석에 위치한 대전의 주인이 물었다. 목소리의 무게감으로 보아 분명 보통의 인물은 아니었다.

"그놈에게 가능성이 있다고?"

"예. 해독 전문이라는 말을 괜히 듣는 것은 아니지 않겠습니까? 실제로 많은 이들의 후유증을 치료하기도 했지요."

"흠……."

사내가 고민을 한다.

'어찌한다…….'

차라리 그에게 문제가 있었던 것이라면 해독 전문이니 뭐니 하는 놈을 찾을 생각은 하지도 않았을 거다.

그의 내력이면 어지간한 독쯤이야 자체적으로 배출해 낼 수 있으니까.

하지만 문제는 자신의 자식에게 있었다.

자신의 강한 내력으로도 완전히 뿌리를 뽑지 못할 병에 걸려 있는 자식이 문제였다.

단 하나밖에 없는 자식이자, 자비 없는 성격을 가진 그에게 있어 유일한 약점일 수도 있는 아이다.

그 아이가 걸리게 되니 고민을 할 수밖에 없었다.

"허나…… 놈은 우리에게 큰 손해를 안겨주지 않았더냐?"

"조사 결과를 보면 그는 우연히 끼게 된 것입니다. 그 정도면 정상 참작도……."

"허튼 소리! 우리는 원한을 잊지 않는다."

사내는 조직을 이끄는 자였다. 그런데 때로는 조직이라는 것이 조직에 속한 사람을 움직이게 만든다.

사람이 조직을 이끄는 것이 아니라 조직이라는 것에 사람이 묶이게 되어 조직이 사람을 이끈다는 이야기다.

쉽게 말하면 입장의 문제다.

조직에 속한 자는 움직이기에 앞서 사욕보다는 조직을 먼저 생각할 수밖에 없는 상황이 벌어지고는 한다.

허나 사내에게 있어 조직만큼이나 중요한 것이 자신의 자식이 아니던가?

"……."

"후우……."

병을 조금만이라도 약화시킬 수 있다면 어떤 짓이라도 할 수 있을 이가 대전의 주인이기도 했다.

'어떻게 해야 한단 말인가…….'

자신의 조직과 자신의 자식.

그 둘에게서 느껴지는 괴리감 안에서 사내가 고민을 한다. 하지만 물보다 진한 것이 핏줄이라고 하던가?

장고(長考)를 거듭하던 그가 결론을 내리는 건 순간이었다.

"조심스레 접촉을 해볼 만한 방도를 마련해 보게나. 정 뭣하면…… 지난번에 있던 일을 거론해서 우리 쪽으로 끌어들이든지……. 이쪽에 속하게 되면 과거는 불문율로 삼는 게 원칙이지 않던가."

"……반발이 조금 있긴 하겠지만 그거야 잠재우면 되겠지요."

"그러하네. 한번 추진을 해 보게나."

"시일이 좀 걸릴지도 모르겠지만…… 최대한 확실하고 안전할 만한 방안을 마련해 보도록 하겠습니다."

"부탁하네."

"움직여 보겠습니다."

과연 그들의 생각대로 일이 진행될지는 모를 일이다. 왕정을 두고 조금씩이지만 변화의 바람이 생겨나고 있었다.

第六章

이건 뭐야?

쉬이익.

무게가 전혀 없는 듯 순간적으로 쏘아진 구체는 보통 사람의 눈으로는 쫓기도 힘든 속도를 보여 주었다.

사람 주먹보다 조금 작은 크기지만, 그 위력이 범상치 않을 게 분명했다.

"휘유…… 이제 십일 장 정도군요."

─약간 모자라긴 하다. 그래도 십장은 넘는구나.

"역시 내공이 최고긴 하네요."

독지를 만들어 내는 괴악한 짓을 해서 내공을 얻기 시작한 왕정이다.

왕정을 제외하고는 안으로 들어선 자들이 없기에 아직까지 알려진 바는 없지만 독지의 위력은 분명 대단했다.

그가 독을 더 제조할 필요도 없이 그 안에 있는 독들을 적당히만 흡수해내면 되었으니까.

특히나 혈서의 경우에는 다른 생물들에 독으로 밀리면 번식력으로라도 버티겠다는 듯 미친 듯이 번식을 했다.

혈서로서는 종족 보존을 위해서 벌인 일이다.

하지만 왕정에게는 가장 쉬이 얻을 만한 독을 가진 존재가 된지라 매일같이 열댓 마리씩은 독을 흡수당하고 있었다.

독을 잃어버린 혈서가 죽어버리는 것은 당연하다면 당연한 수순!

덕분에 혈서들은 죽어라 수를 불리려고 노력하고, 왕정은 흡수를 하는 것으로 묘한 쳇바퀴가 독지에서 돌아가고 있었다.

굳이 혈서만이 아니더라도 독력이 강화된 독사, 독 덕분에 더욱 푸르름을 보이는 이름 모를 독초들 모두가 왕정의 제물이 되었다.

무공을 익히지 얼마 되지 않은 왕정에게 있어 유일한 약점이라 할 만한 부족한 내공을 채우고도 남았을 정도다.

무공을 익힌 지 십 년도 되지 않았는데 벌써 내공만으로 일 갑자 반을 넘겨 가고 있으니, 내공만큼은 이미 차고도 남는다.

절정의 한계가 이 갑자라곤 하지만 이마저도 이대로 순조롭게 독을 흡수해가면 곧 얻을 만한 양이었다.

독지를 만드느라 제대로 수련도 하지 못했음에도 불구하고 영역이 늘어나는 속도가 꽤 빨랐다.

독구(毒球)의 영역을 십장 이상으로 늘리는 쾌거를 얻었을 정도였다.

"요즘 들어서는 내공 늘어나는 속도가 줄기야 했지만…… 이대로만 해서 이 갑자에 가면 못해도 십오 장은 제영역이 되겠군요."

─흐음…… 그건 두고 보아야 할 일이겠지.

"왜요? 내공이 늘면 자연스레 그 정도야 되지 않을까요?"

─영역 그 자체야 늘 수도 있다지만 내공이 전부는 아니다. 이에 관해서는 이미 설명을 했지 않더냐?

"세밀함, 초식의 갈고닦음, 능수능란함. 뭐 이런 거요?"

─그러하다. 내공만을 믿고 달려들다가는 아무것도 되지 않는다.

"흐음…… 그렇다고 듣긴 했죠."

─제대로 된 무인이라면 내공 하나에만 치중해서는 안

되는 게야.

독존황이 말하는 것은 정론이다.

내공이 있다고 해서 무적은 아니라는 것은 당연한 이야기지 않는가. 내공만으로 강함이 결정된다면 무림인들 모두 심법만 돌릴 게다.

하지만 현실은 그게 아니다.

능수능란하게 기를 다루고 초식을 펼치는 것부터 시작을 하여, 여러 경험을 쌓는 것도 중요한 부분이었다.

단순히 내공의 양으로 모든 걸 압도할 수 있는 게 아니라 무(武) 그 자체에 깊이가 있어야 한다.

때문에 많은 이들이 심법으로 내공을 쌓는 것은 물론이고, 초식을 수련하고, 경험을 쌓기 위해 목숨을 걸고 대련을 벌이고는 한다.

─독지를 만드는 걸로 내공에는 부족함이 없을 것이다. 초식의 수련 또한 지금처럼 해 나가면 되겠지.

"예. 확실히 그렇죠."

권법은 지금도 계속해서 익혀가고 있다.

하지만 독구의 위력으로 보아하니 자신의 주력 무공은 권법이 아닌 독의 기운 그 자체를 응용하는 것이 될 게 분명했다.

전통적인 방식으로 무공을 익히고 사용해 가는 독존황과

는 달리 왕정의 경우 사냥법까지 응용을 하니 더더욱 그러했다.

권법과 사냥법을 함께 응용하는 것보다는 독의 기운과 사냥법을 함께 사용하는 것이 아무래도 유리하니까.

초식의 수련과 방식, 내공을 이대로만 해나가면 된다는 전제 조건을 단다면 남은 것은 하나다.

바로 경험이다.

"그런데 경험은 또 어떻게 쌓죠? 여기를 떠나서 대련을 하고 다닐 수도 없잖아요?"

―그건 좀 문제긴 하구나.

"확실히요. 제가 있으면 독지야 어떻게 통제가 된다지만…… 없어지면 그것도 문제잖아요?"

―흐음…… 마비 독을 더 강화하지 않는 한은 그럴지도 모르지.

독지에 사는 초목과 생물들은 시간이 갈수록 강해지고 있었다.

적응을 하고도 살아남기 위해서라고 여겼는지 더욱 독을 발전시켜 나가고 있는 것이다.

비록 인공적으로 만들어진 곳이긴 했지만, 독지에서의 경우 서로 잡아먹으면서 독이 강해지는 것이 일반적이니 딱히 이상할 것도 없었다.

문제라면 이러한 생물들을 왕정이 세심하게 관리해 줘야 한다는.것에 있었다.

잘못하다가 그의 손을 벗어난 생물이 그의 영역에서 빠져나가기라도 한다면 어떻게 되겠는가?

왕정이 산의 초입에 깔아 놓은 마비 독을 이겨내고 독지를 벗어날 놈이니, 그 강한 독으로 사람 여럿 피해를 입힐 게다.

이게 왕정이 독지를 만들고 나서부터 두문불출하는 이유다.

잘못하다가 독을 가진 생물들이 독지에서 벗어나지 못하도록 관리를 하고 있는 것이다.

"아직까지는 산의 초입까지 가거나 한 것들은 없긴 하지만 혹시 모르긴 하죠."

─유비무환이라는 말이 괜히 있는 것은 아니니 준비를 하긴 해야 한다.

"예. 어떻게든 수를 내기는 해야죠."

독을 가진 생물이 독지를 벗어났다가 사건이라도 일으키면?

'그렇게 되어선 안 되지……'

생각만 해도 아찔했다. 그를 좋게 보던 평여 현령도 대번에 그에게서부터 뒤돌아설 것이 분명했다.

이곳이 싫은 것은 아니지만 평생을 강제적으로 묶여 있는 것도 웃긴 일이니 어떻게든 수를 내긴 해야 했다.

"흐음…… 정 안 되면 전에 할아버지가 말씀하신 대로 새로운 독을 만들어 내는 연습을…… 응?"

상의를 해 나가던 왕정의 시선이 하늘 위로 향한다.

예정 외에 방문자가 오게 되면 무림맹 무사들이 그에게 알리기 위해 사용하는 신호탄이다.

오전에 오늘 온 환자들을 전부 보았는데도 신호탄이 터졌다.

그렇다는 것은, 그냥 무시하고 넘길 만한 자가 오는 것은 아니라는 소리다.

"누가 왔네요?"

—일단 가 보거라. 공식 방문이지 않느냐.

"……한창 수련할 시간인데 귀찮게 됐네요. 에휴……."

퉁명스레 말하지만 몸 하나는 빠르게 놀리는 왕정이었다.

'저기 있군.'

가끔 가다가 고관대작들 중에 안하무인인 자들이 이런 식으로 찾아올 때가 있긴 하다.

그런 경우 수련을 방해했다는 이유 때문에라도 꽤나 고통스러운 방법으로 치료를 하곤 했다. 그만의 심술이라고 생각해도 무방했다.

그에 관한 부분이 소문이 나기는 했다. 그 소문 이후로는 그가 정한 진료 시간을 대부분 지키는 추세다.

'그런데도 잘도 찾아왔다 이거지?'

대체 어떤 놈일까 하고 생각하면서 의방에 도착한 왕정은 고관대작의 행차는커녕, 눈이 째진 사내 하나가 있다는 것에 조금은 놀랐다.

그의 예상대로라면 호위든, 수행자든 환자를 데리고 있어야 하는데 멀쩡한 사내놈만이 있었으니 놀람은 당연했다.

'뭐지?'

왕정은 일단 물어봐야겠다는 생각에 사내에게 다가갔다.

"무슨 일로 찾아오셨습니까?"

"네가 왕정이란 자더냐?"

말이 끝나자마자 다짜고짜 묻고 보는 당이운이다.

따지듯이 묻는 말투로 보아서는 용케도 왕정의 말이 끝나기를 기다려 줬구나 하는 생각이 들 정도다.

'새로운 미친놈이네……'

어째 처음 만나는 자들은 왜 죄다 이상한 만남으로 시작되는지 모를 일이었다.

이제 와서는 복이려니 생각하면서 답을 해 주는 왕정이

었다.

"맞습니다만. 무슨 일로 오신 겁니까?"

"볼일이 있어 왔다."

"그러니까 그 볼일이라는 것이……."

광오해 보일 만큼의 자신감에 왠지 말려드는 것을 느끼는 왕정이다. 이런 유형은 그도 처음인 것이다.

"대련! 대결을 원한다."

"에?"

"대련 말이다!"

이런 미친!

대체 자신이 전생에 무슨 죄를 지었길래 이런 미친놈들만 얽히는 걸까?

가만히 독지에 앉아 무공만 익혀도 이런 식이니 열불이 뻗치는 왕정이었다.

그가 못내 열불이 올라오는 것은 참으면서 물었다.

"무슨 대결을 원하십니까?"

"독공!"

"하……."

독공이란다.

"대 사천당가의 사람으로서 네게 정식으로 독공 대결을 요청한다!"

왕정은 뒤늦게서야 자신을 당가의 출신이며 당이운이라고 밝힌 자의 설명을 곰곰이 들어 보았다.

당이운이라는 자도 자신이 사천당가의 사람임을 밝히면서 왕정의 표정을 가만히 살펴보는 것을 보아하니, 그 또한 뭔가 왕정에게 신경이 쓰이는 게 있음이 분명했다.

─네가 금자를 받고 복수를 잊었는지에 대해서 계산하는 거 같구나.

[확실히요.]

안하무인인 성격으로 보이지만 머리까지 빈 자는 아닌 듯했다.

아마 사천당가라는 말에 왕정이 적의를 보이거나 화라도 냈다면, 그것을 꼬투리로 잡았을 게 분명했다.

이번에는 살수를 보내는 정도가 아니라 꼬투리를 핑계로 정면으로 덤벼들려고 하겠지.

그게 당가의 방식이고, 무림의 방식이니까.

─보아하니 본래 목적은 네 눈치를 살펴보는 거고……
대련은 덤인 게다.

[어떻게 할까요?]

다행히 당가라는 말을 듣자마자 적의를 보이지 않았으니 저쪽도 꼬투리를 잡을 것은 없다.

허나 이제 와서 문제는 대련이다.

처음 받는 대련 요청이지만 이에 응할지 말지에 대해 결정해야 했다.

—대체적으로 무림의 순리대로라면 대련을 벌임이 맞다.

[뭐 얻는 것도 없는데도요?]

—그래도 해야 한다. 지금 여기서 거절을 하고 나면 피라미들이 더 달려들 거다.

[더 귀찮아 진다는 소리네요.]

—그럼 셈이다. 게다가 이 할애비가 시키는 대로만 하면 얻을 것이 생길 게다. 허허.

평상시의 웃음과는 다르게 약간이지만 사특함이 느껴지는 독존황의 웃음이었다.

'할아버지도 물들어 버리신 건가…….'

왕정이 계획을 짤 때나 짓던 웃음을 독존황이 짓는 것을 보고 있노라면 왠지 모르게 민망해지는 그였다.

순도 십 중 십 할의 무림인이었던 독존황이 왠지 타락해 가는 느낌이었으니까.

어쨌거나 왕정은 독존황이 설명을 하는 대로 일을 진행해 나갔고, 자신이 원하는 바를 얻을 만한 토대를 만들어 나갔다.

'자아, 수작질을 걸어 볼까.'

독존황에게 듣기로 독공의 대결은 일반적인 무림인들의

대결과는 그 방식이 약간 다르다.

독공을 통해서 익힌 무력으로 대련을 벌이는 것도 방법이라면 방법이지만, 그리하면 피해가 컸다.

대련을 벌이는 독공의 고수 둘이야 어떻게든 하독된 독을 피한다고 해도 그를 구경할 일반인들은 피해를 얻을 수 있기 때문이다.

세상 사람 모두가 피독주를 가지고 있는 것도 아니니까.

해서 독공끼리의 대결은 주로 독 대 독을 가지고 겨루는 것으로 실력을 겨루고는 한다.

자신이 가지고 있는 최상의 독을 가지고 있는 채로, 비전의 방법으로 하독을 하여 상대를 중독시키는 방식이다.

일반적인 대련과의 차이?

이미 언급한 대로 일반적인 대련이라면 일단 상대를 꺾기 위하여 독을 하독하고 초식을 흩뿌린다.

그러면 당연히 독이 퍼지지 않겠는가.

하지만 독과 독을 겨루는 방식은 정해진 범위 내에서 자신이 가진 독 하나만으로 대련을 벌일 뿐이다.

남에게 피해를 줄 일도 없으며, 운이라든가 초식의 우위에 따른 유불리가 전혀 없는 오직 독대 독의 대결이다.

하독 후 해독.

하독 후 해독을 끊임없이 반복하여 순수하게 독공의 대

결을 벌이는 것이니까!

이러한 방식을 왕정은 독존황의 말을 들어 일방적으로 자신에게 유리하게 만들었다.

"내 비록 독공을 익혔으나 당가에는 비할 바가 없다 생각합니다."

"홋. 옳은 소리다. 그래서 대결을 벌이기 싫다 이것이더냐?"

당이운의 기세등등함이 더욱 높아졌다. 왕정이 꼬리를 말려고 한다고 이해를 하는 듯했다.

"아닙니다. 약하다 해도 독공을 익혔으니 독공 대결에 흥미가 생기는 것은 당연한 이야기입죠."

"그렇다면 어찌하겠다는 것이더냐?"

"저는 독공을 익힘과 동시에 해독술도 익힌 자가 아닙니까?"

"그러하다."

"해서 새로운 방식을 제안합니다. 당이운 소협이 가진 독을 순서대로 하독하시지요. 제가 모두 해독해 보이겠습니다."

아무리 독공을 익힌 자들끼리의 대결이라고 하더라도 하독 후 해독을 서로 반복하는 것이 보통이다. 왕정의 말은 아예 수비만 하겠다는 말인 셈이다.

"네 녀석은 독을 사용하지 않겠다는 것이냐?"

"굳이 그렇게까지 갈 필요가 있겠습니까?"

"흐음⋯⋯."

잠시 고민하던 당이운이 조건을 하나 붙였다.

"네 방식을 따라주겠다. 대신!"

"대신?"

"사람들을 부르도록 하자꾸나. 후후."

보아하니 당이운은 자신이 질 것이라고는 전혀 생각하지도 않고 있는 듯했다.

누가 보아도 이미 이겼다 생각하고 있었다.

대련을 벌여 자신이 얻을 수 있는 이득에 대해서부터 생각을 하는 게 훤히 눈에 보였다.

'웃기지도 않네.'

왕정 또한 자신이 진다고는 생각이 들지 않았기에 당이운의 자신만만한 모습이 고까울 뿐이었다.

표정 관리가 조금만 부족했더라면 비웃음이 슬슬 새어나왔을 게 분명했다.

"얼마든지요."

"그래. 시원시원해서 좋구나. 준비는 내가 할 터이니 기다리고 있거라."

"⋯⋯예."

"하하. 해독제도 충분히 준비하도록 하고. 이 당가에서는 대련에 해독제를 준비하지 않거든!"

"예에. 그러도록 하지요."

"하하. 지금으로부터 한 달. 딱 한 달 뒤에 대결을 벌이도록 하자꾸나."

"그럼 그때 뵙겠습니다. 살펴 가시지요."

명백한 축객령이다.

당이운은 그런 왕정의 모습에 화를 내기는커녕, 시원스레 웃으며 물러날 뿐이었다. 자신이 얻을 수 있는 소득은 다 얻었다 생각하는 듯했다.

대결 성립이다.

*　　　*　　　*

"재미있는 녀석."

당이운은 왕정에 대해서 그리 평가를 하면서 분주히 움직이기 시작했다.

해골독협이라는 우습지도 않는 명호로 활동을 하는 그에게 톡톡히 망신을 주려면 빠르게 움직여 줘야 했다.

그리고 자신이 모을 수 있는 한 최대한의 많은 사람들을 모을 작정이었다.

아직 가주인 아버지로부터 허락은 받지 못했지만, 그의 아버지 또한 허락을 해 줄 것이 분명했다.

이번 일을 기회로 왕정과 대결을 벌여 그의 기를 눌러 놓으면, 그 뒤는 자신들이 원하는 대로 될 거다.

독의 후유증으로 그를 찾던 환자들의 발길도 끊길 것이 분명하다.

그리 되면 잠시나마 줄어들었던 해독을 필요로 하는 자들도 다시 당가를 찾을 수밖에 없을 거다.

굳이 그러한 실용적인 이유가 아니라고 하더라도 상관없었다.

신진 고수로 이름을 날리는 놈을 무너트리는 것만으로도 그가 움직일 이유는 충분했다.

"보자…… 이왕이면 독들도 더 구해야겠군."

자신이 가지고 다닌 독들만으로 대결을 벌이기엔 왠지 약한 감이 있었다.

어차피 벌이는 대결이라면 놈을 극적으로 몰아붙이는 것이 많은 사람들을 두고 대결을 벌이는 효과가 클 터.

이왕 일을 할 거라면 제대로 해야 하는 그의 성미상 준비도 더 해야 했다.

"마침 이곳이 하남성이기도 하니……."

멀리 사천성까지 나가지는 못해도 무림맹에 있는 당가

사람들에게 부탁을 하면 독을 얻을 수 있을 거다.

본디 당가 내에서도 정해진 등급이 있어 강한 독이라고 해도 무조건 쓸 수 있는 것은 아니다.

하지만 지금은 특수 상황이지 않은가.

"후후……."

당이운은 왕정을 이길 후에 얻을 자신의 명성을 생각하며 무림맹 본청이 있는 북으로 움직여 나가기 시작했다.

*　　　*　　　*

소문이 크게 나기 시작했다.

당이운이 당가의 허락을 받아 소문을 크게 부풀렸기에 소문이 삽시간에 커지는 게 당연하긴 했다.

"당가와 해골독협이 붙는다는데?"

"그 의원님이랑?"

"듣기로 독공도 익히시기도 했다더구만."

"그럼 독 대 독으로 붙는 건가?"

"그게 또 웃기다네. 해골독협은 해독을 하고 당가는 하독만을 하기로 했다더군."

"하독과 해독의 대결이라……. 창과 방패의 대결이로구만."

"하…… 그게 딱 어울리는 말이군. 저 남쪽 평여현에서 이뤄진다고 하니 시간이 나면 한번 가 보자고."

"아무렴. 오랜만에 보는 진귀한 구경이니 가 봐야지!"

무림맹이 있는 하남성에는 수만은 호사가들이 모여 있었다.

무림의 이야기를 팔아 밥을 벌어먹고 사는 게 호사가들이다.

그들로서는 하남에 있어야 많은 이야기들을 얻을 수 있으니 그들이 모여 있는 건 자연스러운 일이다.

그들은 소식을 듣자마자 다른 그 누구보다도 빠르게 평여현을 향해서 움직이기 시작했다.

"당가의 독이 어디까지 갔는지를 알 수 있을 오랜만의 기회요."

"대결의 진귀함 때문에라도 움직일 이유로는 충분하지."

"그렇다면 가세나."

무림맹의 무사들 중에서도 꽤 많은 이들이 휴가를 내거나 비번인 경우에는 전부 평여현을 향해서 움직였다.

무림인인 그들로서는 당가의 수준을 보는 것만으로도 큰 성과기에 당연한 움직임이었다.

"그 해골독협께서 움직이신다고?"

"후후. 간만에 재미있는 구경 거리겠구나."

그에게서 치료를 받은 적이 있는 자들.

고관대작, 대상가의 자식들로서 왕정과 인연이 있던 자들도 움직이기 시작했다.

자신들을 치료해 준 왕정이 어떻게 당가의 대결에서 승리할지를 기대하고 움직이는 자들은 이들이 유일했을 것이다.

높은 자리에 있으면서 권태로운 와중에서의 작은 유희라는 것도 이유긴 했다.

많은 이들이 평여현으로 끊임없이 움직이고 있는 그때.

모두의 주목 어린 시선 속에 왕정은 밤낮으로 자신의 독지 초입에 있는 마비 독을 강화하느라 난리였다.

"으아아. 분명 여기에 들어올 놈들이 생길 거라 이거죠?"

—당연한 게 아니겠더냐? 무림인만큼 호기심이 많은 존재도 없다. 갖은 핑계로 들어서려고 난리를 치겠지.

"후아…… . 무림맹에서 무사들을 더 투입해 주긴 했다지만 혹시 모르긴 하죠."

—그래. 그러니 움직여야지.

"젠장할. 대결 한번 벌이기 귀찮네요. 그나마 이득이라도 있어서 다행이네요. 후후."

무림맹에서 무사들을 추가 파견해 주긴 했다.

표면적으로는 안전을 위해서 파견을 했다고는 하지만, 사실상 왕정과 당가에 대한 탐색이 이유일 게다.

어쨌건 무림맹 무사들이 파견이 됐다고 해도 무림인들은 어떻게든 무림맹 무사들의 빈틈을 노려 독지에 발을 디딜 것이 분명했다.

호승심 때문에라도 왕정의 독을 이겨 보겠다고 덤벼들 것이 분명하다 이 말이다.

안에 들어서서 독에 당한다거나 해를 입을 경우에는 책임지지 않겠다고 독지 초입 곳곳에 지방을 붙여 났긴 하다.

이게 효과가 없을 것은 지방을 붙인 왕정도 독존황도 잘 알고 있었다.

그러니 왕정은 발에 땀이 나도록 마비 독을 계속해서 흩뿌리고 있었다.

第七章

대결을 벌이다

왕정이 독을 뿌리기 위해서 고군분투를 하고 있을 때.

"이거 좀 더 높게 만들어야 하지 않을까?"

"시간이 없잖나, 시간이……. 대신에 튼튼하게는 만들어
보자고."

"그랴. 일단 계속 움직여 보자고."

왕정의 아래에서 일하던 평여현의 목수들과 인부들은 열
심히 대결을 위한 단(壇)을 만들고 있었다.

워낙에 크게 일이 벌어지다 보니 구경을 하러 올 자들을
위해서 단을 만들고 있는 것이다.

목수들에 마을 사람들까지 달려들어 만들다 보니 화려하

지 않고 투박하지만 제법 괜찮아 보이는 단이 세워지고 있었다.

이 속도대로라면 대결을 벌이기 하루 전쯤에는 단이 완성될 게 분명했다.

"그나저나 의원님께서는 대결 준비로 바쁘시다며?"

"웬걸. 밤낮으로 뭔가를 계속하고 계신다구 하더라고. 하기야 당가가 보통 가문이던가."

"그렇지."

무림에 관여되지 않은 사람이라고 하더라도 알만한 곳이 구파일방과 오대세가다.

무공을 익히기 전 왕정처럼 어지간히 세상과 인연을 끊고 살지 않는 바에야 알 수밖에 없었다.

관심이 없어도 이름이 한 번 두 번 귀에 들리게 되다 보면 익혀지게 될 수밖에 없는 것이다.

당금의 당가는 꽤나 위세가 높은 편이니 평여현의 사람들로서도 알 수밖에 없는 이름이기도 했다.

하지만 이름을 아는 것 이상으로 해골독협이라 알려진 왕정에 대한 애정이 있는 평여현 사람들 아니던가.

대결을 구경하겠답시고 많은 사람들이 몰려서 특수 아닌 특수를 가지게 된 것도 모두 왕정 덕분이라는 것을 현의 사람들은 잘 알았다.

그 외에도 왕정이 베푼 것은 수없이 많았다.

의방을 통해서 골병 든 사람 하나 없는 것도, 땅꾼, 약초꾼, 목수, 잡부들이 전부 일자리를 가지게 된 것도 왕정 덕이었다.

왕정은 이미 오래전부터 평여현에 없어서는 안 될 인물이 되어 버린 것이다.

평여현 사람들에 한정이 되어 있지만 인덕을 가지고 있는 셈이다.

그렇기에 그들은 걱정을 할 수밖에 없었다. 자신들에게 행복을 가져다 준 왕정에게 위기가 닥친 것이니까.

"괜찮으시겠지?"

"준비를 그리 열심히 하시니 괜찮으시지 않을까?"

"크흠……. 이런 말 하기는 그렇지만…… 상대가 당가다 보니."

"예끼! 부정 타는 소리 말게나. 우리는 단이나 열심히 만들자고. 잘해 주실 테니까!"

"그랴. 그래야겠지."

현의 사람들로서는 안타깝지만 왕정이 잘 하기를 바라는 수밖에 없었다.

그렇게 차곡차곡 단이 만들어져 가고, 많은 사람들이 모이면서 어느샌가 대결의 날이 다가오고 있었다.

무림맹에는 각 가문과 문파의 사람들이 파견되어 있고는
한다.

사람이 모이면 힘이 생기고 이권이 생기기 마련이니, 그
를 얻고자 사람들을 파견하는 것이다.

이권에 민감한 편인 당가에서도 당연히 사람을 파견했
다. 그 대표가 당가 가주와 같은 연배에 있는 장로 당기선
이다.

혈족으로 보자면 당가 가주의 아랫동생이니 당이운과 인
척관계에 있기도 했다.

그는 자신의 조카가 지는 것은 곧 당가의 명예가 실추되
는 것이나 마찬가지라 여겼다.

해서 그는 고심 끝에 자신의 비장의 수를 하나 넘겼다.

독 대결에 암기를 사용할 수는 없었으니 그가 넘긴 것은
당연히 독이다.

"당주나 쓸 수 있는 독이다. 알고 있겠지? 장로인 나조
차도 무림맹에 파견된 것이기에 얻었다 이 말이다."

"예! 모를 리가 있겠습니까?"

"비록 마비 독이라고 하더라도, 그 상태 그대로 마비시

켜 식물인간을 만들 수 있는 독인 게야."

"알고 있습니다. 솔직히 이것까지 쓰게 될는지는 모르겠습니다."

"흐음…… 그것도 그렇다만은……."

육백비독(肉百費毒).

당가에서 선별하고 선별한 마비 독 백여 가지를 정해진 비율에 의해 섞어서 만들어 낸 귀물이자 강력한 독의 이름이다.

장로나 가주 정도 되어야만 쓸 수 있는 등에 있는 독이며 그 위력은 등급만 놓고 봐도 증명이 될 정도다.

연구와 제조를 위해 백 가지의 독을 섞다가 몸이 마비되어 죽는 자도 나올 정도의 독이 바로 육백비독이니까.

장로 당기선이 건네는 손가락 한마디만큼의 육백비독만 제대로 하독해도 사람 수천을 중독시키는 것이 가능할 정도다.

독을 건네는 장로로서도 떨릴 수밖에 없는 독이 바로 육백비독인 것이다.

'이건 덤이라고 생각해도 되겠지. 후후.'

당이운은 굳이 육백비독이 아니더라도 따로 가지고 다니던 독이 두 개 더 있었다.

왕정을 협박할 때는 해독약이 없다고 말했지만 그는 사

실이 아니다.

당가의 가법상 그들이 사용하는 독은 모두 해독약이 마련되어 있다.

그들이 독을 사용하면서도 정파로 불릴 수 있는 이유 중에 하나가 해독약을 미리 마련해놓았기 때문.

하지만 당이운 그가 개인적으로 구한 이 독 두 개는 해독약도 아직 나오지 않았을 정도다. 당가에서도 연구를 하고 있지만 아직까지 성과라 할 만한 것은 없었다.

독에 있어서는 독곡을 제외하고는 최강이라고 말할 수 있는 당가에서도 해독제가 나오지 않았으니 그 위력이 보통이 아닌 것은 당연했다.

그러한 독을 사용하려는 당이운이니, 그의 말대로 장로가 건넨 육백비독까지 갈 일이 없을지도 모른다.

처음 그가 준비한 두 개의 독만으로 일이 끝날 수도 있는 것이다.

"이긴다고 하더라도 깔끔하게 끝내야 한다. 해독약이 없는 독을 썼다는 것을 들켰다가는 나로서도 처리가 힘드니라."

"예. 비록 일을 크게 벌이긴 했지만, 다들 단 주변에서 구경만 할 뿐 멀리 떨어져 있을 것이니 문제는 없습니다."

"그래. 내 믿고 맡기마."

당기선은 당이운이라면 잘할 수 있을 거라 믿었기에 더 주의를 주지는 않았다.

"후우. 끝을 내야지."

전날 밤에 있던 일을 회상하던 당이운이 미리 준비되어 있던 단에 나선다. 절대 질 리가 없다는 듯 자신만만한 얼굴을 하고 나서는 그였다.

미리 올라가 기다리고 있던 왕정이 그에게 무뚝뚝한 말투로 인사를 한다.

"오랜만입니다."

"후후. 오랜만이네. 준비는 되었는가?"

"예."

용케도 당가에 대한 적의를 보이지 않는 왕정이었다.

확실히 표정 관리를 전보다 잘한다.

둘이 단에 올라섬으로써 모든 준비가 끝났다고 여긴 것인지, 공증인으로 나선 무림맹 청호단주 팽우선이 외친다.

"대결을 시작하시오!"

*　　　*　　　*

당이운은 자신만만했다.

그가 준비한 것들을 놓고 보면 확실히 자신만만할 이유

로는 충분했다. 전설상의 독은 아니어도 비전의 수준은 된다고 할 수 있기 때문이다.

"내가 준비한 독은 단 세 가지다. 이 세 가지만 버텨내면 네가 이긴 것으로 하지."

"세 가지뿐입니까?"

왕정이 그런 당이운에게 아쉬움을 표한다.

'수십 가지를 준비해도 됐는데……'

이번 일을 기회로 자신이 사용할 수 있는 독의 위력이나 가짓수를 올릴 것을 계획했던 그다.

그런 왕정으로서는 세 개라는 것에 아쉬울 수밖에 없었다.

세 가지만 준비한 것을 보면 분명 그 위력은 보통의 것이 아닐 것이다. 이번 대련을 통해 잘만 흡수하면 분명 독의 위력을 올릴 수 있을 거다.

하지만 가짓수는 역시 별로 올리지 못하게 된다.

'단 세 가지밖에 되지 않으니까.'

―위력이라도 올라가는 것이 어디더냐. 허허.

[그래도 아쉬운 건 어쩔 수 없네요.]

왕정에게서 이상한 기색을 느낀 것인지 당이운이 묻는다.

"그래. 무슨 문제라도 있더냐? 혹여 한 달의 시간 동안 겁을 먹은 것이라면 포기해도 좋다."

"…… 그럴 리가요."

서로 간에 생각이 굉장히 많이 어긋난 듯하다. 철저히 자신의 입장에서만 생각을 하니 그런 거다.

당이운의 생각을 정정해 줄 필요를 느끼지 못했기에 왕정이 말했다.

"어서 시작하지요."

"좋다. 내가 처음 네게 줄 독은 이환무독이다."

이환무독(二幻無毒).

환각을 보여주는 독을 섞어 만들어 낸 당가의 새로운 독 중에 하나다. 아직 해독제를 만들지 못하여 세상에 알려지진 않았다.

그들이 실험해 보기로 단번에 두 개의 환상을 보여줌으로써 순간 상대를 백치로 만들어 버리는 무서운 독이다.

당가의 어지간한 고수가 아니고서야 다루기도 힘든 독이다. 순간 삐끗해도 중독돼버릴 만큼 무서운 독이니까.

재밌는 건 바로 중독이다.

이환무독에 중독되어 백치가 되어 버리면 정말 말 그대로 중독이 돼버린다. 끊임없이 이환무독을 탐한다는 소리다.

어지간한 마약보다도 몇 배는 강한 중독성을 가진 독이라고 보면 된다.

고수가 몇이 달라붙어 전력을 다해 해독한다고 하더라도, 백치가 돼 버린 것은 치료가 불가능하다.

거기에 더해 백치가 돼서도 다시 이환무독을 찾게 되니 이것만큼 무서운 독은 달리 없다고 봐야 했다.

그런 것을 처음부터 들고 나서는 당이운이다.

—처음 듣는 것이로구나.

[당가에서 만든 거겠죠.]

—확실히. 그네들은 여러 독을 섞어 새로운 것을 만드는 특기가 있었긴 했다.

[제조의 달인들이군요.]

—임기 또한 제조하는 자들이 아니더냐. 그들의 특색이 반영된 것이겠지.

겉으로는 긴장을 한 듯 보이지만 속으로는 독존황과 함께 품평을 하고 있던 왕정이다.

"……따로 하독을 해 줘야 하느냐?"

"됐습니다. 먹어도 중독되는 것은 맞겠지요?"

"물론!"

"좋습니다."

스으윽.

꿀꺽.

왕정이 당이운이 꺼내든 독을 그대로 씹어 삼킨다.

당이운으로서도 넉넉한 양을 가지고 왔는데 그것을 그대로 삼켜 버리자 놀란 기색이 역력했다.

일부만 흡입할 거라고 생각했지, 자신이 가져온 전부를 먹어버릴 것이라고는 생각도 하지 못한 것이다.

화아아악.

안에서부터 느껴지는 독의 양이 상당했다.

독 특유의 성질이 가벼움에 있는 것인지, 여러 갈래로 나뉘어 안에서부터 기운이 날뛰기 시작한다.

'장난 아닌데?'

이건 마치 처음 독을 흡수할 때의 기분이지 않는가?

독지를 만들어서 내공의 양을 늘려두지 않았더라면 힘들었을지도 모르겠다.

그래도 아직 여유가 있었다. 일 갑자 반을 넘어선 내공의 힘으로부터 나오는 여유다.

─어서 흡수하거라.

[예.]

당이운이 고심 끝에 가져왔을 독이 분명하건만 왕정은 평상시 해 왔던 일을 해가는 것처럼 차분히 독을 흡수하기 시작했다.

안 그래도 환각 독의 경우에는 워낙 귀한 독인지라 별로 구하지를 못했는데 이참에 아주 잘되었다.

'후후…… 좋은데?'

지금까지의 독들과는 다른 기운을 흡수한다는 것에 재미를 느끼고 있는 왕정이다.

이내 반각이나 되는 시간이 흘러갔을까?

완전하게 흡수해 낸 것은 아니지만 팔 할 정도를 흡수한 것으로 이환무독을 제압한 왕정이 입을 열었다.

"해독해냈습니다."

"허……."

왕정이 따로 증명을 할 필요는 없었다.

환상을 보게 되는 환각 독에 당해놓고도 이성을 유지하며 대화를 한다는 것 자체가 해독을 한 증거다.

차 한 잔 마실 만한 시간이 일각이다. 그것의 반이 반각!

단 반 각 만에 자신이 준비한 세 가지 독 중에서 하나를 해독해 내다니!

당이운으로서는 놀랄 수밖에 없었다.

혹여 해독을 할지도 모른다고 생각을 해 보긴 했다. 하지만 그것도 꽤나 고생을 해가면서 해독을 해낼 거라 여겼다.

후유증도 있을 것이고, 그에 대해 순간적으로나마 환각에 시달릴 거라 생각했다.

백치처럼 굴면서, 이곳에 모인 모든 사람들에게 창피를 당할 것이라고 생각해서 환각 독을 준비한 것이다.

'말도 안 되는……'

그런데 왕정의 해독 속도는 그의 예측을 벗어나도 한참 전에 벗어나버렸다.

자신만만함으로 가슴을 그득 채우고 있던 당이운으로서는 전에 없던 당황을 하며 조심스레 다음 독을 꺼내 들었다.

'그래도 이것은 종류가 다르다. 환각 독을 해독하는 것에만 특화됐을 수도 있다.'

이번에 그가 꺼내드는 독은 혈독이다.

흡입하자마자 인간의 피에 바로 작용하여, 인간이 살아 있게 하는 피 그 자체를 공격하는 독이다.

순간적으로 혈류가 역류하는 것은 물론이고, 부풀어 오르기까지 하는 무서운 독이 그가 꺼내든 독이다.

게다가 몸에 닿기만 하더라도 바로 중독이 되는 독이니, 이걸 흡입하기까지 하면 당이운이라 해도 사망할 것이다.

당가 가주 정도나 되어야 겨우 버티고 해독해 내겠지!

'이거라면 될 거다. 한번은 요행이어도 두 번은 안 될 거다.'

그는 그리 생각하면서 꺼내든 독을 왕정에게 건네주었다.

"혈운관독(血運貫毒)이라는 독일세."

―또 새로운 것이군. 그래도 조심은 하거라. 아직 이환 무독이 삼 할은 남아 있지 않더냐.

[예. 난이도가 좀 올라가기야 하지만…… 이쯤이야 별거 아니죠. 후후.]

―그래도 조심해야 할 게야.

이번에도 당이운의 독을 금세 받아 든 왕정은 기다렸다는 듯이 바로 당이운이 건넨 독을 흡입했다.

독을 받음에도 넙쭉 넙쭉 먹는 것을 보면 확실히 왕정의 담력도 보통이 아니긴 했다.

스으으으.

환각 독이 빠른 기운으로 그의 안에서 날뛰려고 했다면, 이번 독은 흡입하자마자 천천히 스며들어 갔다.

식도 아래에 있는 위는 자신의 자리가 아니라고 여긴 듯, 순식간에 위를 벗어나 스며든 기운은 그의 혈관 곳곳에 섞여 달려들기 시작했다.

"으음……."

위력이 거기서 거길 거라 생각했는데, 혈관들에 스며들자마자 날뛰기 시작하니 그도 고통을 느꼈다.

이때에는 왕정으로서도 자신도 모르게 침음성이 나올 수밖에 없었다.

그를 보고 당이운이 몸을 부르르 떤다.

'됐다.'

조심스레 왕정을 살펴보던 당이운으로서는 자신이 준 독이 먹히는 것 같자 내심 쾌재를 불렀다.

역시 놈은 환각 독은 쉽게 해독을 해도 혈독은 쉽사리 해독을 하지 못하는 것이 분명했다.

이대로만 진행이 되면 놈은 온 혈관에서 피를 뿜으면서 죽을 터!

비록 환각 독에 시달려 백치가 되는 모습은 보여 주지 못했지만 이제 와선 상관이 없었다.

놈이 피를 내뿜으며 죽는 것만으로도 성과는 얻었다 할 수 있을 거다.

놈이 죽어 나자빠지면 당가가 역시 독에 관해선 최고라는 명성을 계속해서 이어나갈 수 있을 테니까.

'조금만 더……'

당이운이 독이 더 날뛰기를 응원하고 있는 동안 왕정은 조심스레 기운들을 갈무리하기 시작했다.

'생각 이상인데? 후음……'

이미 독을 흡수하다 죽을 고비를 몇 번 넘겨보았던 그가 아니던가.

이쯤이야 좀 어렵긴 해도 죽을 정도는 아니었다.

그는 몸에서 날뛰는 기운들을 쭈욱 살펴보고는 그대로

독단의 기운을 일으키기 시작했다.

자신의 전부라 할 수 있는 독단이 나서면 충분히 독을 흡수할 수 있을 것이라고 여긴 것이다.

몸 전체에서 날뛰는 혈운관독을 일거에 흡수하기 위해서는 독정을 나눠야 할 필요가 있었다.

하나의 구로 만들어져 있던 그의 독정의 기운들이 하나에서, 둘로, 둘에서 셋으로 쉼 없이 나눠지기 시작했다.

'이 정도면…… 되려나? 그나저나 재미있군.'

독을 구체화시켜서 단검의 모양으로 만들어 쓰기도 하고, 암기처럼 날려보기도 한 그다.

그 위력은 살수와의 대전에서 이미 확인했지 않던가.

하지만 지금처럼 한 번에 수십, 수백의 가닥으로 독정의 기운을 나눠본 적은 없었던 왕정이다.

전에 없었던 새로운 방식으로 기운을 놀리기 시작하니 그로서도 흥미가 느껴질 수밖에.

'일단은…….'

하지만 지금은 느껴지는 흥미를 즐기기보다는, 독을 해독해야 할 때다.

단전에서부터 그의 몸 곳곳으로 독정의 기운이 뻗어나가기 시작한다. 혈관 안에서 날뛰던 혈운관독의 기운이 그제야 제압당하기 시작한다.

고통은 이환무독보다 컸지만 해독 자체는 좀 더 쉬웠다.

여러 혈관으로 나뉘어서 움직이다 보니, 한 번에 제압할 독의 양이 그리 많지는 않았기 때문이다.

반 각 정도의 시간이 지나가고, 혈운관독의 기운 중 반 정도가 왕정에게 제압당했을까?

이대로는 왕정에게 꼼짝없이 흡수되고 말 거라 생각한 것일까?

혈운관독이 순식간에 혈관을 타고 심장으로 한데 뭉쳤다!

자신들을 흡수해 내는 왕정의 독정에 대응하기 위해서 수를 쓴 것이다.

'후후…… 그래 봐야 늦었다.'

차라리 삼분지 이쯤 기운이 남아 있을 때, 심장에 모였더라면 그에게도 타격이 있을지도 몰랐다.

혈운관독의 기운은 분명 약하지만은 않았으니까.

하지만 남은 삼분의 일이 모여 봐야, 독에 관한 내성이 높아질 대로 높아진 왕정에게는 택도 없었다.

이제 남은 것들은 그에게서 완전히 흡수될 수밖에 없는 것이다.

다시 반 각의 시간이 지나가게 되고, 아주 미량의 독들이 그의 혈관에 남은 것을 제외하고는 혈운관독의 기운 대부분이 그에게 흡수되었다.

'남은 거야 나중에 시간을 들여서 흡수하면 되겠지…….'

이 정도면 혈운관독을 완전히 제압했다고 할 수 있을 터.

독과의 대결을 벌이는 것으로 심력을 좀 소모했던, 왕정은 기운을 다시금 가다듬고는 감겨졌던 눈을 떴다.

"……해독했습니다."

"……."

이때에 당이운은 왕정의 말에 바로 대답을 할 수 없었다.

자신이라고 하더라도 제대로 해독을 해 낼 수 있을까, 아니 버텨낼 수 있을까 걱정할 만한 독이었다.

그걸 왕정이 해독해 낸 것이다.

그것도 일각이라는 시간 만에!

'…….말도 안 된다.'

자신의 또래. 아니 자신보다도 어리다고 알려져 있는 녀석이 자신 이상의 독공을 구사한다?

벌모세수를 받은 것은 물론이고 그 타고난 재능만으로도 당가 내에서도 으뜸으로 칭해지는 자신을?

자신이 최고라고 여겼던 당이운으로서는 정녕 지금의 상황을 받아들이기가 너무 어려웠다.

하지만 지금 이곳은 다름 아닌 대련의 장 아래가 아니던

가. 자신이 받아들이든 못하든 간에 일단 이 대결부터 끝을 내야 했다.

'결국 이걸 쓰게 되는가…….'

당가의 장로 당기선으로부터 받았던 육백비독을 당이운이 조심스럽게 꺼내든다. 이제 믿을 것은 이 육백비독밖에 없었다.

그가 처음의 자신감은 전부 어디론가 보내고서는 침중한 얼굴로 왕정에게 말했다.

"……이건 육백비독이라고 하네."

"이게 말입니까?"

"그러네."

"호오……."

왕정으로서도 독존황에게서 들어 알고 있는 독이다.

한번 중독되어 몸이 마비되면 절대 풀리지 않는다는 독이 육백비독이다. 마비된 그 상태로 상대를 죽게 만드는 독!

당가의 가주 정도 되어야 사용한다고 알려진 독을 당이운이 가지고 온 것은 확실히 의외였다.

─좋구나. 안 그래도 독지 초입에 놓을 마비 독을 강화시켜야 하지 않더냐?

[후후. 그러니까요. 저 녀석이 아주 복덩이였어요.]

―해 보자꾸나.

이때까지는 독을 건네던 당이운도, 이를 흡수해야 하는 왕정도 알지 못했다.

독정을 가지고서부터 흡독하는 것에만큼은 대가의 경지에 다다라 가는 왕정으로서도 위험할 일이 벌어진다는 것을!

第八章

상승효과

　'이런 미친…….'

　차갑고도 뜨겁다.

　느리면서도 빠르며, 진중하면서도 가볍다.

　결코 한데 있을 수 없는, 서로 반대되는 성질을 가진 것
들이 왕정을 집요하게 물고 늘어지고 있었다.

　모두가 육백비독으로부터 비롯된 것들이다.

　왕정과 오감을 공유하는 독존황이 심각하게 말한다.

　―내가 활동할 때보다 더욱 발전했구나. 이름만 같은 것
이나 다름없었어.

　'크흡…….'

처음 이것을 흡수하기 전까지만 해도 쉽게 흡수할 수 있을 거라 생각한 게 오산이었다.

당이운이 세 개의 독 중 두 개가 무너졌음에도 마지막 하나, 육백비독을 믿고 있을 만했다.

그만큼 육백비독이라는 것은 전에 없이 강한 독이었다. 독에 관해서만큼은 경험을 쌓아가는 왕정으로서도 당황스러울 정도!

'후우…… 후우…… 차분하게.'

차가운 기운으로 자신을 마비시키려 하는 것에는 뜨거운 성질을 내포한 독을 보내어 본다.

뜨거운 기운으로 내부를 들끓게 하는 것에는 다시 차가운 성질을 내포한 독들을 보낸다.

무거운 것은 흩어주어 좀 더 가볍게 만들어 준다.

무게가 전혀 없는 듯 날래게 움직이는 기운은 무거운 기운을 보내 다잡는다.

빠른 것에는 느림을, 느림에는 빠름을.

마치 세상 모든 것들의 성질을 다 내포한 듯한 육백비독에 차분하게 대응을 해 나간다.

'해낸다. 해내고 만다.'

초인적인 의지로, 아니 지금까지 살아남은 생존력을 믿고서!

그는 백 가지의 마비 독을 섞었다고 일컬어지는 육백비독에 대응을 해 나가고 있었다. 조금씩이지만 흡수를 하는데 성공하는 듯한 상황!

"과연……."

홀로 분투하고 있는 왕정을 두고 대련장에 있는 많은 이들과 당이운이 진지한 눈빛으로 바라보고 있었다.

이 독을 해독만 해내면 당이운의 패배이기에 그 모두가 주목을 할 수밖에 없는 것이다.

지금까지는 두 개의 독을 왕정이 손쉽게 해결을 해 내었지만, 육백비독을 흡수하고부터는 상황이 전과는 달랐다.

육백비독을 흡수하고 나서부터 왕정은 식은땀을 비오듯 쏟아 내고 있었다.

칠공에서는 조금씩이지만 피가 흘러나오고 있었으며, 피부는 시퍼렇게 변하다가 다시 돌아오기를 반복했다.

누가 보아도 독에 중독된 상태!

"독협님……."

"아, 안 되는데……."

현의 사람들은 이를 안타깝게 보고 있었다.

하지만, 그 외에 무림맹의 무사들이나 호사가들은 역시하는 생각을 하고 있었다.

"역시 그른 건가."

"이 정도만 해도 선전한 게 아닌가."

"암기를 사용하지 않았는데도 이 정도라면…… 역시 당가는 당가군."

아무리 신진 고수로 이름을 날리기 시작한 왕정이라 하더라도, 당가의 비전 독에는 안 된다고 여기고 있는 것이다.

하기야 육백비독의 경우에 당가에서도 가장 강한 십대독 중에 하나로 선별을 했을 정도이니 더 말을 해서 뭣하랴.

사람들 모두가 안타까움과 아쉬움, 혹은 후련함으로 왕정을 바라보고 있을 무렵에도 그는 끊임없이 독에 대응해 나아갔다.

*　　　*　　　*

'어차피 처음의 목적은 흡수다.'

자신의 본래부터 가지고 있던 독정의 기운만으로는 육백비독을 흡수하는 것이 힘들어 보였다.

육백비독은 마치 왕정이 만든 독지처럼 수없이 많은 독을 내포한 하나의 독지와도 같은 것이었기 때문이다.

'육백비독은 곧 독지. 그렇다면…….'

독지에 있는 것을 한 번에 흡수할 필요는 없지 않는가?

백 가지의 독도 결국에는 한 가지의 독을 흡수하는 것에서부터 시작되는 것이다.

그게 기본 중에 기본!

한 번에 대응을 하기보다는 한 가지씩 완벽하게 흡수를 하기로 마음먹은 왕정은 차분히 육백비독에 다시 대응해 나갔다.

덕분에 겉으로는 중독되어 있는 환자 그 자체였지만 안에서 만큼은 차분하게 독이 흡수되어 나가고 있었다.

'얼마나 남았지?'

밖의 시간은 얼마나 되었을까?

심법에 본격적으로 집중을 하고 나서부터는 독존황의 목소리도 군웅들의 시선도 느껴지지 않은 지 오래다.

'삼 할? 사 할?'

아니, 적어도 오 할 정도는 흡수를 한 것 같다.

다행히 육백비독도 결국 자신에게 정복될 독이었던 것이다. 이대로만 진행을 한다면, 이대로만 간다면!

분명 자신은 육백비독을 흡수하는 데 성공할 수 있을 것이다.

'조금만 더. 엇?'

그때다!

육백비독 또한 이대로 흡수되기에는 너무 아쉽다고 느낀 것일까?

백여 가지의 독이 섞이면서도 가지고 있던, 서로 융합되어 버티던 독한 성질이 마지막에 발동이 된 것일까!

독과 독이 합하여져 만들어진 합성독의 성질을 가지고 있는 육백비독이 왕정의 신체 내부에 꼭꼭 숨어 있던 것들과 합세하기 시작했다.

심장의 부근, 온몸을 구성하는 핏줄에 미세하게 남아 있던 혈운관독이 합세한 것이 처음의 시작이었다.

마비 독의 성질에 더해서 혈독의 성질까지 순간적으로 더해진 것이다!

여기에 왕정의 단전에서 흡수되지 않고 삼 할 정도 남아 있던 이환무독이 반응을 하기 시작했다.

육백비독, 혈운관독, 이환무독.

하나씩만 놓고 보아도 무림에서 알아줄 만한 강한 독들이 한 번에 합세를 한 것이다.

하독을 한 당이운도 이런 상황은 예측을 못 했을 거다!

혈독, 마비 독, 환영 독이 한데 합세하여 왕정에게 환영을 보이고, 기운을 마비시키려 하며, 온몸의 피를 들끓게 만들었다.

하나, 하나씩 놓고 보면 전보다 흡수되고, 약화되었지만 셋이 한 번에 합쳐지니 상승효과를 보인 것이다!

'어떻게…… 대체 어떻게 해야 하지?'

이런 경우는 왕정으로서도 처음이다!

이건 단순하게 많은 독을 흡수해서 나오는 것이 아니라, 강한 독이 여럿 상승작용을 보이는 것이 아닌가.

이에 대한 대응을 해 본 적은 없던 왕정이다.

그의 집중이 흐트러져 연독기공이 조금씩 깨어지려고 하는 그때.

―갈! 결국 모든 것은 하나로부터 나온다 하지 않았더냐.

'아…….'

독존황이 자신의 최후 심득이라 말했던 그것을 다시 말하였다.

도가에서는 음과 양으로 이루어졌다는 세상이, 독에 미친 독존황이 보기에는 모두 독으로 이루어졌다 했다.

풀 한 포기, 나무 한 그루.

심지어 그보다 작은 벌레들까지도 결국에는 모두 독을 내포하고 있다.

아니라고?

아닐 리가 없지 않은가!

어떤 이에게는 독이 아닌 것도 또 어떤 이에게는 독으로 작용하는 것이 세상의 이치다.

결국 모든 것은 독이니, 세상만사 모두 독이라는 것 하나로 해석을 할 수도 있을 것이다.

그게 독존황이 가진 심득이고, 그가 왕정에게 전하려고 하는 마지막 하나의 것이지 않았던가?

지금 이 순간에도 이 심득은 통용이 되었다.

혈독, 마비 독에 더해 환영독이 더해지면 뭐 어떠하랴?

결국 하나로부터 나온 독이다.

결국 모든 독은 연독기공을 통해서 흡수될 수밖에 없는 운명이다. 그게 독존황이 가진 의지고 왕정이 이어받은 유지다.

당연한 일을 해내기만 하면 되는 것이다, 처음부터 당황할 이유가 전혀 없었다.

'해 보자.'

흔들리던 의지를 다 잡고 남은 기운들을 움직이기 시작하는 왕정이다.

혈운관독과는 술래잡기를, 이환무독과는 힘겨루기를 했었다면 육백비독이 합쳐진 세 가지 독에는 세상 모든 독을 포용하겠다는 의지 하나면 됐다.

'그래. 중요한 건 의지다. 모든 흡수하겠다는 의지!'

자신이 가진 독정의 그저 자신의 의지를 대행하는 대행

자일 뿐이다.

결국에는 독을 흡수한다는 기본으로 돌아가는 것이지만 그 하나면 되었다.

기본이 전부이고, 전부가 의지이며, 독을 흡수하는 흡독이 독공의 모든 것이나 마찬가지였다.

"무슨?"

그때부터였다.

"오오……."

"새로운 강자가 나오는 것인가……."

온몸의 혈관이 터질 듯이 팽창하여 징그럽게 튀어나와있던 혈관들이 다시 제자리를 찾기 시작했다.

시퍼렇게 변하여 당장 썩어들어 갈 것만 같았던 피부가 다시 본래의 살색으로, 아니 더욱 고운 피부로 돌아오기 시작했다.

곧 죽을 것만 같았던 그가 보통의 몸으로 돌아오기 시작한 건 순간이었다.

왕정이 독을 흡수하고 반 시진이 다 되어 가는 상황에서 나오는 신기였으며, 당이운에게는 절망을 안겨주는 광경이었다.

'어떻게 저게 가능하단 말인가?'

자신의 아버지, 가주가 온다고 하더라도 이런 광경을 만들 수 있을 리가 없었다.

그래.

전대 가주이자 독인이 된 그의 할아버지가 온다면 이런 광경을 만들 수 있을지도 모르겠다.

하지만 그들은 이미 강호에서 알아주는 자들이지 않은가? 자신과 같은 또래의 사람은 아니지 않는가?

어떻게 이제 십 대 후반에 들었다 알려진 자가 이런 일을 해낼 수가 있냔 말이다!

'세 가지의 독을 한 번에 하독을 했어야 했나?'

'세 가지가 아니라 그 이상의 독을 준비했어야 했나?'

'해독전이 아니라 일반적인 대련을 펼쳐야 했나?'

당이운의 머릿속이 복잡하게 돌아간다. 패배의 요인이 무엇이었는지, 아니 패배에 대한 핑계를 찾느라 머리가 분주해졌다.

그의 상식선에서는 지금의 패배가 말도 안 된다 여겨졌기에, 그 누구보다 복잡하게 머리가 돌아갈 수밖에 없었던 것이다.

자신은 흉내도 내지 못할 짓을 문파도 없는 녀석이 해낼 줄이야!

질시보다는 당황스러움에 더 생각을 이어 나가지 못하는 당이운이었다.

이윽코.

"……해, 해독했습……니다."

힘겹게 입을 열어 말하는 왕정이 있었다.

두 가지의 환영으로 상대를 백치를 만드는 이환무독.

생명의 전부라 할 수 있는 피 자체를 중독시키는 혈운관독.

백 가지의 독을 섞어 끊임없이 발전시켜 온 사천당가의 정수 중 하나, 육백비독.

이 세 가지의 독을 해골독협이라는 우습지도 않은 명호를 가지게 된 신진 고수 하나가 해독하는 데 성공한 것이다!

이 순간만큼은 다른 모든 것이 필요 없었다.

한 가지씩의 독을 해독하여 유리했다는 핑계도!

한 달 전부터 대련을 준비하였으니 무언가 있을 것이라는 호사가들의 예측도 전부 소용이 없었다!

이 순간 가장 중요한 것은 단 하나였다.

"해골독협 왕정의 승리를 선포하오!"

대련을 공중하기 위해서 나선 팽우선이 말한 단 한마디!

왕정의 승리 선언만이 오직 유의미할 뿐이었다!

"와아아아아아!"

누군가는 순수하게 축하를 하며.

"새로운 물결인가……."

또 누군가는 세대의 변화를 짐작하고.

"허허. 의술인가? 독공인가?"

또 누군가는 자신의 상식에 빗대어 분석을 하기 시작한다.

어느 쪽이든, 어느 입장이든 단 한가지의 공통점이 존재했다. 바로 왕정이 승리를 했다는 것!

"……졌다."

"운이 좋……았……습니다."

의외로 깔끔했던 당이운의 패배 선언, 왕정의 덕담을 끝으로 그날의 진귀했던 대련은 막을 내렸다.

이제 무림에 관련된 사람들은 당분간 왕정에 대한 이야기만을 계속해 나가리라. 새로운 인물이 출현했다고!

그가 과연 해독의 고수인지, 독공의 고수인지는 알 수 없으나 나이를 뛰어 넘는 무언가를 가졌다 우려를 것이다!

반대로 당가는 오늘 당한 수모를 갚기 위해서라도 한참의 노력을 해야 할 것이 분명했다.

누군가는 많은 것을 잃고, 누군가는 많은 것을 얻는 하루였다.

*　　　*　　　*

축하 연회 같은 것은 없었다.

연회를 미리 준비한 쪽은 왕정 측이 아니라 사천당가 쪽이었는데, 그들은 패배자지 승리자가 아니었다.

그러니 연회를 벌일 주최자가 없는 셈이었다.

무림맹에서 온 자들이나 호사가들 모두 그에 대해서는 잘 파악하고 있기에 별 말 없이 지나갔다.

되려 기분이 좋은 쪽은 따로 있었다.

"노났구먼."

"그러게나 말여. 이걸 만들 때까지만 해도 우리가 먹을 줄을 알았나."

"허허. 아주 맛이 아주 쫀득혀. 이런 건 또 어떻게 만드는 건가?"

"먹는 법도 모르겠구만."

"그냥 입에 다 들어가면 다 똑같지!"

"것도 그렇구만?"

사천당가에게서 일감을 맡아 연회를 준비한 평여현의 사람들만 신이 났다.

당가 측에서 연회를 준비하기 위해서 사람을 쓰던 당시 일당도 잘 챙겨 준 지 오래다.

이런 상황에서 연회는 벌이지도 않게 됐으니 연회 음식

은 알아서 처리해야 하는 상황이었다.

정확히는 당가 사람들이 생각지도 못한 패배에 충격이 커서 연회까지는 신경도 쓰지 못한 게 정확하긴 하다.

어쨌거나 남은 음식, 손도 대지 않은 음식을 그냥 버릴 양민은 어디에도 없지 않은가.

여러 유명한 숙수들도 나서서 만든 음식이니 더더욱 그러했다.

평여 사람들은 연회 준비로 잡일을 하다 얻은 생각지도 못한 호사에 마을 잔치 아닌 잔치를 벌이며 호사를 누렸다.

현의 사람들이 그들 나름의 행복을 나누고 있을 때, 왕정은 자신이 얻은 것에 대한 정리를 하고 있었다.

"생각지도 못한 걸 두 개나 얻었네요."

—그러더냐.

"예. 하나는 역시 독이겠죠."

—마비독, 혈독, 환영독. 종류별로 잘 얻었다. 모두 약한 것들이 아니니 독도 강화되었겠지.

가짓수가 많지 않아도 이제 와서는 상관이 없는 듯했다. 돈으로 구하기도 힘든 독들을 이번 일을 기회로 세 개나 얻었다.

당가 입장에서도 왕정이 독을 흡수함은 물론이고 사용할 수 있게 된 것까지 알면 꽤나 속이 쓰릴 거다.

"그래도 중요한 건 다른 하나겠죠."

―그러하다.

"남은 하나. 할아버지가 말하는 독에 관한 개념이 어렴풋이 이해는 가네요."

―좋은 성과로구나. 그게 이 할애비의 심득으로 가는 열쇠다.

"확실히요."

이해라고 말을 했지만 깨달음이라면 깨달음이다.

지금까지는 제대로 이해하지 못했던 독공 연성으로의 길을, 이번 일을 기회로 알게 되었다고 할 수 있다.

'앞으로를 위한 길……'

흡독이라는 기본으로부터 나오는 무한한 수련의 길이다.

다시 처음 독공을 익히던 때의 기본으로 들어가는 것이니, 얼핏 퇴보를 한 것 같아 보이나 엄연히 발전이다.

자신이 가야 할 길을 제대로 안다는 것은 그 무엇과도 바꿀 수 없는 큰 깨달음이기 때문이다.

지금 당장에 강해지지 않더라도, 당장 무공의 경지가 올라가는 것이 아니라고 해도 상관이 없을 정도다.

"이 길대로만 하면…… 초절정도 가능할 거 같네요."

―허허. 거기서 끝일 거 같더냐?

"아직은요. 솔직히 한 단계 경지가 오르는 길이 보인다는 것 자체도 대단한 거잖아요?"

―그것도 그러하구나.

"이번 일로 내공도 단숨에 이갑자로 진일보했으니……
당분간은 초식과 내공을 다루는 수련이겠네요."

―그래. 그러하겠지. 아아. 그래도 독지 초입을 강화시
키는 것은 잊지 말거라.

이번 일은 분명 무림 전역에 알려질 거다.

무림맹의 본청이 있는 하남성에서 일어난 일이니 소문이
크게 나지 않을 수가 없는 일이다.

이야기를 팔아 먹고사는 호사가들은 덕분에 당분간 밥벌
이에는 문제가 없겠지.

어쨌거나 그에 대한 이야기가 커지고, 그의 명성이 올라
가면 올라갈수록 그에 대한 관심도 커질 거다.

자연스레 그가 영역으로 알려지고 있는 독지에 대한 호
기심도 대거 올라갈 터.

말린다고 들을 자들이 아니니, 이번에 얻은 독들을 활용
하여 독지의 초입 마비 독들을 강화시켜줘야 했다.

"예. 내부적으로는 독지의 생물들이 못 빠져나가게 될
듯 하니 어차피 해야 할 일이기도 하죠 뭐."

―그래. 당분간만 바삐 움직이면 다시 평화롭겠구나.

"……그래야지요. 할아버지랑 함께 하고부터 참 다사다

난 한 거 같다니까요?"

　─예끼! 처음 이화라는 처자를 봤을 때 화살을 안 날렸으면…… 여기까지 오지도 않았을 게다.

"헹. 사람 죽으라고 둘 수는 없잖아요."

티격태격 하는 것 또한 둘이 가까워졌기에 할 수 있는 일일 거다.

그렇게 둘은 당분간 있을 평화를 짐작해 나아가며 차분히 독지를 강화하면서 수련을 해 나갔다.

언제고 있을 다사다난함을 쉽게 해결하기 위해서!

독존황의 유지나 다름없는, 독공의 대가가 되기 위한 발걸음을 내딛기 위해서 움직이는 그였다.

第九章

명성 상승

당이운과 왕정의 대련에 대한 소식은 자연스레 무림맹에
가장 먼저 전해졌다.

당가에서 일을 크게 키운 것도 이유긴 하다.

하지만, 본디 무림맹 입장에서도 하남성에서 벌어지는
일이니 관심을 가질 수밖에 없었다.

"허어…… 뭐라 해석을 해야 할지를 모르겠소."

"그것도 그러합니다. 책사들 모두 당가의 승리를 점찍었
거늘. 전혀 예상외의 일이 일어났으니……."

"어떻게 움직이는 게 맞다 생각하오?"

"책사들로서도 아직 결론을 내리지 못했습니다."

"그럼 그대 개인의 생각으로는?"

"당가가 껄끄러우나 이 또한 기회라 생각합니다."

"기회?"

"예. 어차피 벌어진 일이고, 대단한 인사가 정파에서 나와 줬다면 이를 기회로……."

무림맹을 이끌어 가는 맹주 이하, 간부들은 이번 일에 관한 계산과 앞으로의 움직임에 대해서 조율을 해 나갔다.

당분간 명성이 아래로 떨어져 있을 당가를 어떻게 다뤄야 할지도 덤으로 조율되는 것은 당연지사였다.

정파를 수호한다고 나선 무림맹이지만, 사람이 모여 있다 보니 이권이 걸려 있는 게 당연했으니까.

이권이 걸려 있으니 당가의 명성하락 또한 신경 써야 했다.

그에 더해 무림맹에 속한 수뇌 입장에서는 제각각의 입장에 따라 받아들여 행동을 해야 했다.

당가와 친분을 유지하면서 오래전부터 함께 해 왔던 오대세가의 입장에서는 벌인 일의 실패요.

오대세가와 함께 무림맹을 이끌다시피 하고 있는 구파일방의 입장에서는 호재였다.

그들의 사이에 끼어 있으면서, 무림맹주를 따르고 있는 처지인 중소문파들의 경우에는 혼란이라고 할 수 있는 상황이었고!

제각기 이권, 혈연, 문파, 배분 등에 얽혀 있는 자들로서는 이번 일에 기민하게 움직여야 하는 상황인 것이다.

모르긴 몰라도 정파 무림맹이 아니라 다른 곳도 신경을 쓰고 있을 거다.

무림을 양분한 사혈련이나 지금은 잠잠한 마교에서도 갑작스레 명성이 올라가기 시작한 왕정에 더욱 주시를 하리라.

사혈련의 경우 안 그래도 은원으로 얽혀 있는 관계이니 마교보다 더욱 주의를 할 게다.

이번 일을 기회로 과연 무림맹에서 어떠한 일을 벌일지는 모르겠으나, 왕정에게는 귀찮은 일이 될 것이 분명했다.

그리고 소식은 본래부터 왕정에게 관심이 많던 그들에게도 전해졌다.

"헤에…… 그 녀석 정말 한 건 해 버렸는데?"

"응."

"강하긴 했다만…… 역시 독에 관해서는 경지에 오른 건가?"

아영, 이화, 정우 셋이 바로 그 주인공들이다.

그들로서는 왕정이 나이에 못지않게 강한 것을 알고 있었다. 하지만 이번 대련의 결과는 꽤 놀랄 수밖에 없었다.

아무리 독공이나 해독이 왕정의 전문 분야지만 당가를 상대로 이겨버릴 줄은 그들도 몰랐던 것이다.

망신을 당하거나 하지는 않더라도 잘해야 무승부고, 보통은 패배를 할 것이라고 내심 생각하고 있던 그들이었다.

"나는 잘해야 무승부를 생각했는데…… 정우는?"

"나 또한 마찬가지다."

"……나도."

무림에서 알아주는 재능과 노력을 가지고 실력을 쌓은 셋이 아니던가.

그들 또한 20대 초반에서 중반 사이라는 나이임에도 불구하고 절정의 고수라는 높은 경지에 있었다.

그러니 이들로서는 내심 왕정을 자신들의 아래로 보고 있었다.

정확히는 대련으로는 몰라도 살수를 펼치고 진심으로 대결을 하면 이길 수 있다고 생각하고 있었달까?

같은 절정이라도 반수 정도는 아래로 본 셈이다.

왕정이 무림에서 겪은 경험이 그리 많은 것도 아닌 데다가, 셋은 무림맹의 비밀스러운 일을 처리하며 많은 경험을 겪은 터.

같은 경지라도 실전 경험에서 그 양이 차이가 있으니 그런 생각을 충분히 할 만했다.

그런데 그런 왕정이 비록 해독에 국한이 된다지만, 당가의 비전독이나 다름없는 것을 이겨 내지 않았는가?

어쩌면 그들이 생각하는 것 이상으로 왕정이 강한 것일지도 모른다는 생각이 그들의 머리를 스쳐 지나갔다.

"수련을 좀 해야겠는데……."

"헤에. 확실히?"

"……."

더 말을 하지 않아도 그들의 마음은 통했다.

재능이 있다고 알려져 있는 자신들도 하지 못하는 일을 해내다니.

왠지 모르게 불타오르지 않는가?

타고난 재능 이상으로 승부욕이 강한 그들로서는 당연히 불타오를 수밖에 없는 것이다!

"요즘 들어서 좀 나태해지긴 했지."

"응."

"다시 수련을 해 보자. 그러고는 다시 대련을 벌여 보는 거다."

"……나도."

왕정에게 호승심을 불태우기 시작하는 셋이었다.

*　　　*　　　*

"평화롭네요."

일이 늘기는 했다.

당가의 당이운과 대결을 벌여서 이겼다는 것에 소문이 제대로 났는지 해독을 필요로 하는 손님들이 늘었다.

하남성을 넘어서 꽤나 이름을 날리거나, 권력이 있는 자들이 찾아올 정도였다.

수가 많지는 않더라도 그들이 올 때마다 얻는 돈은 금자 수천 냥씩이나 된다.

그런 돈을 벌어들이고 있는 왕정으로서는 얼마 안 가 독지를 만들기 전의 돈을 다시 얻을 수 있을 듯했다.

—그래도 끊임없이 움직여야겠지.

"안 그래도 그럴 생각이었어요. 요즘 들어서는 수련도 재미있으니까요."

일의 성과가 보이면 재미가 있는 것은 당연했다.

그런 이유로 왕정이 하는 수련도 재미가 있을 수밖에 없었다. 이제는 그를 중심으로 열일곱 장 정도가 그의 영역이다.

이 갑자 정도의 내공이 되면 십오 장 정도를 예상했었는데, 그 이상의 성취를 보이고 있는 것이다.

내공만으로 얻은 성취냐고? 그 또한 아니다.

'새로운 방식이 제대로 통했지.'

대련에서 독을 제압하던 당시, 왕정은 기를 여러 갈래로 나누어서 독을 흡수하는 일을 행했었다.

기를 단순히 하나로만 놓고 본 것이 아니라 여럿으로 나눈 것이다.

이는 얼핏 들으면 단순해 보이지만 실제로 하게 되면 굉장히 어려운 일이다.

왕정이 독을 흡수할 때 여러 갈래로 나누는 것이 가능했던 이유도 몸의 내부에서 나눠서 가능한 일이었다.

외부에서 기를 나누라고 하면 굉장히 어려움을 느꼈을 거다.

이게 무슨 차이고 하니, 자신의 몸 내부에서 기를 돌릴 때는 기를 구체화를 할 필요가 없었다.

단지 몸의 내부에 있는 기의 순환로라 불리는 경맥을 따라 돌도록 기를 나누기만 하면 됐다.

하지만 외부에서 기를 나누려면?

기를 나누기 이전에 기를 구체화하는 단계를 필요로 했다.

강기 정도는 아니라고 하더라도 기를 뽑아내는 것 자체가 구체화의 단계다.

구체화 자체도 보통 일이 아닌지라 단순히 나누는 것에

다가 구체화를 더하게 되면 난이도가 배 이상 상승한다.

"흐아아압……."

지금 왕정이 보여주는 과정 역시 처음에는 독구 하나를 둘로 나누는 것에서부터 시작을 했다.

기운의 총량은 같지만 한 번에 두 개의 독구를 가지고 의지하에 두는 것은 하나를 다루는 것 이상이었다.

일 더하기 일이 이가 아니라 셋, 넷의 난이도를 가지고 있는 것이다.

처음에는 둘을 유지하기도 힘들던 것을 다음에는 처음 독구를 수련할 때 그러했듯 의지하에 두고 이곳저곳 움직인 그다.

아래에서 위로, 위에서 아래로.

오른쪽에서 왼편으로.

왼편에서 다시 사선을 그려 위로!

단순히 구체를 움직이는 것 같아 보이지만, 기 그 자체를 두고 수련을 하는 것이니 보통의 수련이 아니었다.

한 개에서 두 개로 구체를 나눠 사용하는 것에 익숙해지는 데 한 달이 걸렸다.

다시 세 개로 늘리려던 그는 이번에는 구체를 나누는 것에 좀 더 재미있는 방식을 더했다.

"단검으로."

살수들과 싸울 때 보였던 방식처럼, 구체를 단순히 구체로 두지 않고 뚜렷한 모양을 가지도록 만든 것이다.

장식도 달리지 않은 단순한 모양의 단검을 모양을 본뜨는 것뿐이었지만 이것 또한 꽤 집중을 해야 하는 일이었다.

그것을 단번에 두 개를 하니 보통의 심력이 들어갈까!

다시 두 개를 구체화하고 자신의 의지하에 자유로이 움직이게 하는 데까지가 한 달이 더 걸렸다.

대련을 통해서 얻은 이갑 자라는 무지막지한 내공이 아니었더라면 한 달이 아니라 일 년도 더 걸렸을 거다.

내공을 이용해서 우격다짐으로 경지를 끌어 올리고 있는 것이다.

성취가 하나둘 늘어가는 것에 재미가 붙은 그는 이번에도 새로운 목표를 잡았다.

"오늘만큼은 세 개를 성공해 보는 겁니다."

—세 개는 좀 힘들지도 모른다.

몇 달이 더 걸릴지도 모르지만 세 개도 성공할 수 있을 거라고 여겼던 왕정이다.

그런데 독존황의 의견은 전혀 달랐다. 언제나 그의 수련을 응원하던 그치고는 단호한 태도였다.

"그래요?"

—두 개까지는 내공으로 가능했을지도 모른다. 각기 일

갑자의 내공으로 밀어붙이면 되었으니까. 하지만 그게 한계다.

"한계라……."

내공만으로 밀어붙이는 것에도 결국 한계가 있는 건가? 하지만 당장에 삼 갑자로 내공이 늘지는 않을 거다. 본래라면 이 갑자라는 내공을 얻은 것도 보통 일이 아니다.

지금까지야 요행으로 이 갑자의 내공을 얻었다지만, 근래에 들어서는 내공이 느는 것도 지지부진했다.

왠지 모르게 독정이 내력을 더 늘리는 것을 거부하는 느낌이다.

내공 부분에 있어서는 무언가 돌파구가 있어야만 한다고 여겼기에 '구체화'에 열을 올렸을지도 모른다.

그런데 그것조차도 결국에는 한계에 다다르다니?

두 개의 구체화된 독 단검을 가지고 수련을 하고, 동시에 자신의 영역을 십칠 장으로 늘리는 것으로도 부족했던 것인가?

"그럼 대체 어떻게 해야 하죠?"

—이미 길을 알고 있지 않더냐? 전에 얻었던 길에 맞춰 정진해야겠지.

"흐음……."

대련에서 얻었던 길.

세상의 독을 모두 흡수한다는 일견 광오해 보이기까지 하는 길이 그가 위로 올라가기 위해 선택한 길이다.

결국에는 좀 더 많은 독을 얻고, 그에 맞는 무공의 깊이를 더해야 만 하는 상황인 셈.

'쉽게 말해서 깨달음을 얻어야 한다는 건데…….'

깨달음이라는 것이 어디 쉽게 오는 것이었던가. 깨달음을 얻는 것이 쉬운 일이었다면 개나 소나 절정이고 초절정일 거다.

애당초 십 대라는 나이에 절정에다가 이 갑자에 도달한 것 자체가 사기다.

전에는 몰랐다.

하지만, 지금에 와선 이런저런 풍문을 듣다 보니 그도 자신의 성과가 비정상적인 속도라는 것을 알고 있는 것이다.

"에이…… 뭐. 결국에는 성과를 얻는 것이 더뎌졌다는 거네요."

—그런 셈이다. 굳이 표현을 하자면 절정의 끄트머리에 다다르고 있다는 거겠지.

"흐음…… 절정의 끄트머리에 십칠 장 정도라. 작은 영역은 아니긴 하지만 아쉽긴 하네요."

구체화시켜서 사용할 수 있는 독의 구체는 둘 정도.

잘게 나눠서 하면 그 이상도 될 테지만 위력을 낮춰서 수를 늘리는 것은 별로 내키지 않는 왕정이었다.

사냥법과 무공을 조화시키는 것도 재미라면 재미지만, 요즘의 가장 큰 재미는 역시 무공 그 자체의 상승이기 때문이다.

"에 뭐…… 초식이라도 더 갈고 닦든지. 더욱 세밀하게 구체화를 조종할 수 있도록 연습해 봐야겠네요."

─그것도 좋은 생각이다. 내공을 이루고, 내공 수발을 구체화로 이루었다면 그 다음은 역시 초식이겠지.

"예. 왠지 구체화에만 매달리다 보니 권법도 소홀하긴 했는데……. 익히긴 했으니 더 발전은 시켜야죠. 후후."

─오랜만에 움직여 보자꾸나.

권법. 그것도 초식의 수련은 독존황이 있으니 잘할 수 있을 게다.

전에야 왕정의 수준이 낮아 기초를 잡아주는 것만으로도 힘들었지만, 지금은 아니다.

왕정이 절정에 이르러 내공의 수발이 자유로워지고 나서부터는 전에 비해서 더욱 가르치기가 쉬워졌다.

왕정이 초식을 수련하면서 움직이는 기의 움직임을 보고 제대로 수련을 하는지, 잘못된 방향으로 가는지를 독존황이 바로 알아챌 수 있다.

눈으로 볼 필요 없이 초식에 따른 기의 순환을 보고 모든 걸 눈치챌 수 있는 덕분이다.

"하아아압!"

그의 주먹이 대기를 가른다.

조용하기만 했던 그의 영역에서 풍압이 이는 것은 순간이다!

계속해서 이어지는 그의 움직임을 보고 있노라면 그의 수련의 집중이 어느 정도인지 눈치챌 수 있을 정도다.

그는 평화로움 속에서 차분히 성과를 얻어가고 있었다.

* * *

오전이 되면 일정대로 진료를 하는 왕정이다.

오늘도 잔독의 후유증을 가진 자가 찾아왔는데 무슨 사연에서인지 자신의 신분을 밝히는 것을 꺼려했다.

이런 손님이 오늘이라고 처음은 아닌지라 왕정은 더 묻지 않고 치료만을 행해 줬다.

'괜히 사연 있는 사람 일에 끼면 피곤하지.'

느끼기로 무공도 익힌 거 같은데 꽤 강한 독에 당한 환자였다. 흡독하는 왕정으로서는 굉장히 좋은 환자다.

어쨌건 아직 어린 나이인데도 삶의 귀찮음(?)을 절로 깨달아가고 있는 왕정이었다.

"자아, 다 끝났습니다."

"허엇. 감사합니다!"

"뭘요. 해야 할 일을 했을 뿐입니다."

"하하. 바로 느껴질 정도라니! 몇 년을 고생하던 것이 싹 나았습니다."

"그럼 앞으로는 독에 조심하시고, 혹여 필요하시다면 제가 파는 백해단이……."

사연은 사연이고 치료는 치료다.

자신이 해야 할 일인 치료를 마친 왕정이 자신의 환자에게 영업을 시작하려는 무렵이었다.

어디선가 익숙한 목소리가 들려왔다.

"헤에…… 또 그런다?"

"응? 누님?"

영업에 집중을 하고 있어서였을까?

아니면 못 보던 사이에 철아영의 경지가 올라가기라도 한 것일까. 인기척을 눈치채는 데 조금이나마 시간이 걸렸다.

─강해졌구나. 경지가 오르진 않았어도 완숙에 가깝다.

[역시 그런 거군요?]

자신이야 독존황이 하루 십이 시진을 달라붙어 신경을 써주니 강해지는 게 당연하다고 쳐도, 철아영이 강해지는 속도는 너무 비정상적이었다.

아무리 재능이 있다지만 자신보다 반 끝 정도는 더 강한 듯했다. 말도 안 되는 사기적인 성장 속도다.

"객이 찾아와서 오늘은 이만 가 봐야 할 듯합니다."

"하하. 이거 죄송하게 되었습니다. 그럼 몸 보중하시지 요."

"예. 치료비는 따로 두고 가도록 하겠습니다."

독을 치료하고 왕정의 영업을 받던 환자도 갑작스러운 방문이 꽤 당황스러운지 금방 물러나려고 한다.

왠지 모르겠지만 철아영을 보고 당황한 눈치기도 했다.

'아영 누님과 뭔가 얽혀 있기라도 한 건가?'

의방에서 물러나는 환자도, 그를 바라보는 아영도 뭔가 눈치가 이상했다.

묘한 분위기에서 그가 물러나자마자 아영이 묻는다.

"누군지 알고 치료한 거야?"

"아뇨. 환자니까 치료했죠."

치료를 해야 할 환자가 있고, 치료를 하지 말아야 할 환자라도 있는 것일까?

"흐응…… . 하긴 네 성격상 귀찮은 일은 피하는 성격이 니 신경도 쓰지 않았겠지."

"에…… 뭐 그렇죠?"

왕정으로서는 이런 대화가 이어진다는 것 자체로도 괜스레 귀찮은 느낌이었다.

"왜요?"

"사파 사람이야. 용케도 하남성까지 몰래 들어온 거 같은데…… 칫."

"그래요? 뭐 무공을 익힌 거야 눈치를 챘지만…… 사파 사람인 것은 의외네요."

이곳은 하남성이다.

정파의 중심이라고 여겨지는 무림맹이 있는 곳이니 엄연히 정파의 영역인 것이다.

그런 하남성에 사파의 사람이 들어왔다고 하니 철아영은 기분이 썩 좋지만은 않은 모양이었다.

'괜히 피곤하네……'

하지만 정파든 사파든 별달리 신경도 안 쓰는 왕정이었다.

어쩌다 보니 사파의 중심이라 불리는 사혈련과 은원관계가 쌓이긴 했지만, 그건 그거고 사람을 치료하는 건 치료하는 거다.

의원으로서 대단한 박애 정신을 가진 건 아니었지만, 찾아 온 환자를 내칠 만큼 박하지는 않았다.

사람을 구분해 가며 치료를 할 정도의 정신머리를 가지

지도 않았고.

"그런 거 신경 쓰지 마요. 환자면 다 똑같은 환자지 사파고 정파고가 어디 있겠어요."

"흐으응…… 무신경한 너야 그렇겠지. 지금 치료한 사람이야 그나마 사파인치고는 괜찮은 양반이긴 한데……."

아영은 방금 자신이 봤던 인물을 다시 한 번 머리에 떠올려봤다.

왕정이 방금 치료를 한 자는 혈살도(血殺刀)라는 별호를 가진 사파의 고수다.

경지는 절정의 초입 정도.

사문도 알려지지 않았지만, 그가 젊은 나이임을 생각하면 꽤 빠르게 이름을 날리기 시작한 자였다.

사파인들치고 과거가 제대로 알려져 있는 자들은 몇 없으니 넘어간다손 치더라도, 무림에 나서자마자 꽤 화려한 전적을 날렸다.

사파인들과 어울림과 동시에 몇몇 정파인들과 대결을 벌여 정파 무인들을 꽤나 고꾸라트렸었으니까.

정당한 대결이었으니만치 무림맹에서도 공적으로 선포는 하지 못했었다.

게다가 무슨 이유에서인지 잘 활동을 하다가 갑작스럽게 모습을 감춰서 더는 신경을 쓰지 않기도 했다.

'중독돼서 그랬었던 거라 이거군?'

그런데 이제 와서 보니 누구에게인지는 몰라도 독에 중독을 당해 한동안 활동 없이 지냈던 듯하다.

'괜히 신경 쓰이네…….'

별달리 사건을 벌인 것도 아니고 공적도 아니다.

하지만 사파로 분류되는 자들이다 보니 아영으로서는 기분이 별로 좋지 않을 수밖에 없었다.

어쨌거나 사파의 인물이 정파의 영역에 온 것은 그리 반길 만한 일은 아니었으니까.

그런 아영의 기분은 전.혀. 신경도 쓰지 않는 채로 대답을 하는 왕정이다.

"그래요? 괜찮은 사람이면 그걸로 됐죠."

"쳇. 너도 어쨌건 정파 사람이잖아?"

"에이. 정파 사람이라기보다는…… 어쩌다 보니 사혈련하고 은원관계가 생긴 불쌍한 사람이죠."

"……."

이 대답은 좀 의외였다.

아영으로서도 좀 위험한 발언이라고 생각할 만한 것이기도 했다.

정파의 신진 고수로 소문이 나고 있는 왕정이 자신을 정파의 사람이라 생각하지 않으면 뭐란 말인가?

사파에 투신을 하기라도 하겠다는 건가?

투신을 할 경우에는 실력이 출중하기만 하면 이유와 과거를 묻지 않는 게 바로 사혈련이다.

'설마…… 그러진 않겠지?'

왕정과의 대화로 왠지 모르게 싸해지는 느낌이 드는 아영이었다. 괜히 걱정이 된 그녀가 말을 더한다.

"어쨌거나 너는 정파의 고수로 소문이 났으니 정파 사람이라구. 알았지?"

"예이. 예이. 그렇게 하죠 뭐."

귀찮을 때 나오는 왕정 특유의 태도임을 알고 있는 아영이었지만 더 말은 하지 않기로 했다.

지금에 와서 왕정이 사파에 투신을 한다거나 할 거라고는 전혀 생각지 않았으니 당연한 대응이기도 했다.

어디까지나 그녀가 왕정에게 정파 사람임을 주지시킨 이유는 왠지 모를 싸한 느낌이 들었기 때문, 그 이상도 그 이하도 아니었다.

잠깐의 침묵에 답답함이라도 느낀 건지 왕정이 먼저 물었다.

"그나저나 갑자기 찾아 온 이유는 뭐예요?"

"아. 의뢰를 할 게 있어서 왔지."

"의뢰요?"

"응. 이번에 네 활약을 보고 백해단과 십해단에 대한 신용이 맹 내부에서도 꽤 올랐거든."

"그거 좋은 일이네요. 하하. 가격이라도 올려준답니까?"

"응. 십해단은 그대로지만 백해단은 금자로 세 냥을 쳐주기로 했어. 대신……."

"대신요?"

왠지 모르게 조건을 단다는 것에 꺼림칙해하는 왕정이었다.

그녀와 함께 거래를 하면 손해까지는 아니더라도 귀찮음을 감수해야 할 경우가 있기에 그런 것일 게다.

그녀는 그런 왕정의 내심을 짐작했지만 짐짓 모른 척 말했다.

"대신에 양을 좀 많이 만들어 줘야겠어. 한 달 안에 백해단 오천 정도를 만들어 줘야해."

이쯤 되면 왕정으로서도 놀랄 수밖에 없었다. 갑자기 백해단 오천 개를 구매하려고 한다니?

이유가 뭔지는 몰라도 오천 개면 천하의 왕정이라고 하더라도 꽤나 시간을 들여야만 만들 수 있는 숫자다.

근래에는 수련에만 집중을 하느라 미리 만들어 놓은 물량이 몇 안 되기 때문이다. 그나마 있던 것은 환자로 찾아온 자들에게 꽤나 팔아치웠다.

그가 다시 물었다.

"오…… 오천이요?"

"응. 오천이야."

"그렇게 하면 아무리 해도 금자로만 만 오천 냥은 되는데요? 거부들한테 파는 것만은 못해도 양으로는 꽤 되니까요."

"응. 그래도 다 쓸 데가 있어서 그래."

이유까지는 그녀도 말하지 못했다.

실제로 의뢰를 하는 그녀로서도 대체 무슨 생각으로 맹의 늙은이들이 이렇게 큰돈을 쓰는지 궁금할 정도였다.

'갑작스럽게 독공의 고수가 등장한 것도 아닌데 이런 엄청난 양을 구매하다니, 뭔가 있는 게 분명해.'

이유야 어쨌든 중요한 것은 의뢰를 하는 것일 터.

거부들에게 한 알당 오십 냥에도 파는 왕정이긴 하지만, 자신이 의뢰를 넣는 거니 분명 싸게 해 줄 거다.

"흐음…… 그래도 한 달은…….'

"안 되는 거야? 잘 하면 지속적으로 할 수도 있다고 맹의 수뇌가 전해 달라고 했다고."

"으음…… 안 그래도 돈이 별로 없기는 한데…….'

오천의 백해단을 단숨에 만드는 것은 그도 꽤 어려운 듯했다.

높아진 성공률을 떠나서 워낙 할 일도 많은 데다가, 백해단을 만드는 것 자체가 노가다성이 짙으니 이해는 간다.

"할 거야? 안 할 거야?"

결국 아영의 재촉에 그가 항복 선언을 한다.

"알겠어요. 하면 되잖아요."

"헤에…… 역시 그래야지 착한 아이지."

"쳇. 환자들보다 싸게 사가는 주제에 항상 어려운 주문만 한다니까요? 안 그래도 비축분도 없구만……."

툴툴거리는 왕정이지만 만 냥이 넘는 거금이 걸려 있으니 어떻게든 해낼 거다.

"그래도 돈 버는 게 어디야. 금자 만 오천 냥이면 어마어마한데!"

"헹…… 몰라요. 어쨌거나 의뢰는 그게 다죠?"

그가 확인하듯이 묻는 것에 왠지 장난기가 동하는 그녀였다. 생각해 보면 요즘 들어서 그를 괴롭히지를 못했다.

"응! 아, 하나 더 있다!"

"여기에 더해서 하나 더요? 뭔데요?"

"나랑 노는 거! 나랑도 대련해 줘! 이래 봬도 요 사이 꽤 강해졌다고?"

"에엑! 싫어요! 안 그래도 달라붙은 사람들이 많아서 죽겠구만."

"왜에? 응? 대련하면 너도 좋잖아?"

"됐거든요? 대련은 무슨……."

"흐으응…… 너어. 자꾸 이러면……."

"이, 이러면요?"

질색을 하는 왕정. 그런 왕정의 모습에 더 오기가 붙는 아영!

"확 잡아먹는다!"

"다 큰 처자가 못하는 소리가 없어요!"

"헹. 일루 오라구. 잡아먹어 버리게."

그들만의 추격전에 의방에 있던 사람들의 눈이 휘둥그레 진다. 중원 어디에서도 보기 힘든 진귀한 구경거리였다.

어쩌면 왕정의 평화로움은 아영이 오고부터 깨졌는지도 모르겠다.

새로운 의뢰, 백해단을 만들기 위한 노가다가 그를 기다리고 있었다.

第十章

노가다

노인들이 정갈해 보이는 대전 아래에서 자신들의 주제를 찾아 대화를 이어 나가고 있었다.

  꼬장꼬장해 보이는 자도 있고, 어떤 이는 곱게 늙어서 민간에 나가면 신선처럼 보일 만한 자도 있었다.

  도복을 입은 자도 있었으며, 나이에 맞지 않은 수련복을 입은 자도 있었다.

  모습이 다르고 복식이 다르다고 하더라도 이들에게 공통점이 있다면 단 하나, 잘 정제된 기운과 기세일 것이다.

  그렇다. 이들은 정파의 중심이라 말하는 무림맹의 수뇌들인 것이다.

그들이 단지 담소처럼 나누는 대화에 무림맹의 행사가 이뤄지고, 무림의 판도가 바뀌고는 한다.

그런 대화가 지금 이어지고 있었다.

"보고에 의하면 그자는 자신이 정파라는 소속감이 부족한 듯합니다."

"흐음. 조금 문제가 되겠군요."

"그게 어디 조금 문제가 되는 정도입니까? 하남성에 있으면서 사파의 고수도 치료를 해 주다니. 에잉…… 실력 이전에 인성이 문제 아닙니까?"

"의원이라는 측면에서는 되려 인성이 좋다고 봐야겠지요."

"그것도 그렇긴 한데…… 좀 애매하구먼. 깊게 쓸 수는 없을지도 모르겠으이."

"상황에 맞춰보아야겠지. 언제 마음먹은 대로 세상사가 풀리던가."

"허허…… 그래, 상황에 맞춰보아야겠지. 어디 우리가 맡긴 일부터 잘하나 봄세."

"그러세나. 그때까지는 다른 일들부터 처리를 해야겠지. 듣기로 항주가 시끄럽다고?"

"말도 마다. 본래부터 항주는……."

왕정을 주제로 두었을 그들의 대화가 자연스럽게 무림의

대소사에 관련된 이야기로 넘어간다.

어차피 오늘 담화의 중요한 주제는 다름 아닌 항주에 관한 일이었다 보니 왕정에 관한 것은 쉬이 넘어간 것이다.

그들이 왕정에게 원하는 바가 무엇인지는 모르겠으나, 뭔가 일이 이뤄지고 있는 것은 분명했다.

*   *   *

왕정에 관한 일을 진행하고 있는 자는 무림맹이 아닌 또 다른 곳에도 있었다.

두 달 전, 왕정과 크게 대결을 벌였다가 패배를 해 버린 사천당가가 그 주인공이었다.

은원을 절대로 잊지 않는 그들답게 그들은 자신들의 패배를 지난 시간 동안 계속해서 곱씹고 있었다.

대결을 누가 먼저 요청을 했는지도, 그들 자신이 살수를 보낸 것도 중요하지 않았다.

그들에게 중요한 것은 대결을 벌였다가 왕정에게 패배를 했고, 덕분에 자신들의 명성이 하락했다는 것이었다.

그들로서는 용납하지 못할 일이 일어나 버린 것이다.

가주의 집무실. 당가의 가주 당기전이 자신의 둘째를 평상시와는 다른 꾸짖는 눈빛으로 바라보고 있었다.

"큰 해가 되었다."

"……죄송합니다."

당이운도 사천으로 다시 돌아오는 지난 두 달간 자신이 벌인 대결의 여파에 대해서는 귀가 가렵도록 들은 바가 있었다.

자신과의 대결로 당가의 명성과 자신의 명성이 하락하는 것은 당연했다.

그에 대한 반대급부로 신진고수이니 뭐니 하며 왕정의 명성이 올라가는 것 또한 당연한 일이었다.

자신들의 명성을 지키기 위해서라도 사천당가가 의도적으로 소문이 나는 것을 막았지만 그 또한 역부족이었다.

당가에서 애를 쓰면 쓸수록 왕정의 명성은 계속해서 상승 가도를 그리고 있을 뿐이었다.

이에 대해서는 당이운으로서도 할 말이 없는지라, 그의 자신만만했던 모습은 찾기가 어려울 정도였다.

"커흠. 이미 벌어졌던 일을 어떻게 하겠느냐."

"……소자가 더욱 준비를 했어야 했던 것 같습니다."

"아니다. 그 정도 독으로도 안 됐다면 적어도 녀석은 해독에는 입신의 경지에 올랐다는 소리다."

"독을 하독하는 대결이었으면 또 달랐을지도 모릅니다."

당이운은 지난 두 달간 자신의 패배 요인에 대해 고민을 거듭했고, 결국 결론을 내렸다.

'대결 방식이 문제였다. 암기와 하독술을 함께 사용하는 일반 대련을 펼쳤더라면…….'

보통의 대련을 펼쳤더라면 당가의 암기술까지 익히고 있는 자신이 패배하지는 않았을 거다.

그가 중독되어서 해독을 하고 있는 동안에 암기를 날렸더라면 승리하는 쪽은 자신이 되었을 거라 여기는 그였다.

왕정이 그를 중독시킬 수 있을 거라고는 생각지도 않는 태도다. 이 부분만큼은 그의 마지막 자존심일 게다.

사람이란 자신에게 유리하게만 생각할 수밖에 없으니까.

그런 패배 요인에 대해서 가주는 별달리 신경을 쓰지 않는 듯했다.

"그건 이제 와서 중요하지 않다."

"……."

"지금에 와서 중요한 것은 어째서 패배했는지가 아니다. 수습이 문제다."

"……다시 대결을 벌이는 것은."

지난 두 달간 자신이 패배한 것에 대한 곱씹을 줄 알았지 수습에 대해서는 생각하지 못한 당이운이다.

당연히 좋은 의견이 나올 수가 없었다. 차라리 답을 하지 않는 것이 나았을지도 모른다.

당이운의 말을 뒤이어 가주가 언성을 높였으니까.

"택도 없는 소리! 거기까지밖에 생각하지 못했더냐?"

"……죄송합니다."

"되었다. 이제 와서는 어떤 일을 벌여 봤자, 녀석의 명성을 높여주게만 된다."

"아직 그 정도는 아니지 않습니까?"

"넓게 보거라. 우리가 그 녀석과 엮이면 엮이게 될수록 사람들은 당가와 놈을 동급으로 볼 게다. 그게 사람들의 시선이다."

"……이해했습니다."

당이운도 바보는 아닌지라 당가주의 설명에 현재의 상황을 이해하는 데는 성공했다.

가주의 말대로 계속해서 둘이 엮이게 되면 사람들은 당가와 왕정을 같은 선상에 놓고 볼 것이다.

안 그래도 당가의 상승가도를 시기하는 자들이 많았으니 더더욱 그러할 게다.

"그러니 이제부터는 공적인 방법도 먹히지 않는다. 살수를 사용하는 것도 못 한다. 전부 하책이다."

"그럼 달리 수가 있으십니까?"

"지금부터 만들어야겠지. 전보다 더욱 깊게, 빠져나가지 못할 방도를 마련해야 한다."

"저 또한 고민해 보도록 하겠습니다."

"좋다. 그런 태도를 가져야 당가의 사람이라 할 수 있겠지. 이만 가 보거라."

"예."

당가가 무슨 일을 벌일지는 아직까지 그 누구도 몰랐다.

다만 하나는 확실했다.

그들이 왕정에게 암수를 들이미는 그 순간은 지금껏 보여주지 않았던 큰 위험이 될 것이 분명했다.

왕정에 관련하여 따로 일을 추진하던 자들도 있었다.

"아직 멀었는가?"

화려한 대전의 주인.

대전에 어울리는 충분한 기세를 간직한 자가 그 주인공이었다.

"……송구합니다. 그에게 모든 시선이 몰려 있는지라 시간이 더 걸릴 듯합니다."

"그럴 수밖에 없긴 하군. 알겠네. 좀 더 시간을 들여 보지. 하지만 제대로 일 처리를 해야 할 것이야."

"여부가 있겠습니까? 맡겨주시지요."

"기다리겠네."

왕정의 명성이 올라갈수록 그를 노리는 자들 또한 계속해서 늘어가고 있었다.

*　　*　　*

무림에서 상승가도를 그리고 있다지만, 왕정은 그를 느낄 새도 없었다.

"망할…… 일단 돈이 되니까 받긴 했는데 보통 일이 아니네요?"

─차분히 시간을 들이면야 일도 아니지만…… 한 달이 아니더냐.

한 달에 백해단 오천 개.

말이 쉬워 오천 개지 한 달을 삼십 일로 나누면 하루에 백오십 알 이상을 만들어 내야 한다.

전에 비해서 높은 성공률을 보인다고 하더라도 심력이 소모되는 것은 어쩔 수 없었다.

만들 수 있고 말고의 능력 유무의 문제가 아니다. 백해단 만들기 그 차제에서 오는 심력 소모가 문제인 셈이다.

"으으……. 이제 와서 안 할 수는 없고. 그렇다고 그냥 하기에는…… 역시 지칠 문젠데요."

일주일은 어떻게 할 수 있을 거다.

수련이라고 생각하면 될지도 모른다. 하지만 요 사이 계속해서 수련만을 했던 그가 아닌가?

좀 질릴 법도 했다.

게다가 이런 식으로 꾸준하게 백해단을 만든다고 해서 높은 성취를 얻을 것이라는 생각은 들지 않았다.

내공 수발의 수준이 낮았던 예전이라면 모를까 지금에 와선 차라리 구체화 수련이 시간 대비 효율성이 더 높을 거다.

"이번 일을 끝낸다고 해도 또 의뢰가 들어올 것 같단 말이죠."

—무슨 이유가 있겠지. 이를테면 네가 만든 백해단을 분석하려고 할 수도 있다.

"분석이요?"

독존황의 추측에 왕정이 호기심을 느낀다.

—그렇다. 아무리 독공을 익히고 의술을 익힌다 해도 본디 백해단을 만드는 건 보통 일이 아니다.

"그래요?"

—의원이 여럿 달려들어도 하루에 몇십 알을 겨우 만들면 대단하다고 할 정도다.

실제로 백해단을 만드는 것은 쉬운 일이 아니다. 그게 쉬웠다면 애당초 백해단의 가격이 비쌀 리도 없었다.

수준 높은 의원들이 비전의 방식으로 약을 잘 배합해내야 만들 수 있는 게 백해단이다.

사천당가의 경우에도 해독약에 관한 수준이 높은 편이지만, 백해단을 쉬이 양산해 내지 못했다.

고급 인력이 새로운 해독약을 만드는 데 매달린 것도 이유지만, 백해단 자체가 쉽게 만들어지는 것은 아니기 때문이다.

그런 것을 왕정은 쉽게 쉽게 만들어서 유통하고 있으니 무림맹에서 궁금증을 느끼는 것도 당연한 일이었다.

독존황의 추측대로 분석을 하기 위해서 제작 의뢰를 했을 확률이 굉장히 높았다. 겸사겸사 사서 필요한 곳에 쓰기도 하고.

"뭐, 그런데 저한테서는 사도 얻을 것도 없잖아요? 비법이랄 것도 없으니까요."

—무림맹에서는 그걸 모르지 않느냐. 허허.

"그것도 그러네요. 남의 영업 비밀을 얻으려는 게 좀 괘씸하긴 하네요."

—그들도 나름 먹고 살자고 하는 것일 테니 그냥 두려무나. 마음에 안 든다고 무림맹을 적으로 둘 수는 없지 않더냐.

"……쳇. 무공을 처음 익히라고 꼬실 때는 자유로워진다고 하시더니…… 시간이 갈수록 어째 더 묶이기만 하는 거 같네요."

―그렇게 느껴지더냐?

"솔직히 그래요. 사냥을 하고 살 때보다 더 묶이는 느낌이에요. 이건 되고 저건 안 되고. 신경 써야 할 것도 많고……. 머리 복잡할 일이 많다니까요."

―흐음……

전이었다면 왕정의 이런 말을 무시하고 넘어갔을지도 모른다.

하지만 독존황이 생각하기에도 사냥꾼인 왕정이었을 때보다 지금이 더욱 묶여 있었다.

신경 써야 할 것도 많았으며, 그를 주시하고 있는 시선도 많다 보니 더욱 몸가짐을 조심히 해야 했다.

어쩌면 왕정이 말하던 이쁜 각시와 행복하게 하하호호 하며 사는 꿈에서도 멀어진 것일지도 모른다.

결국 독존황은 왕정의 말을 인정할 수밖에 없었다.

―네 말대로 그럴지도 모르겠구나. 허허.

"……칫. 그래도 요즘 들어서는 무공 익히는 게 재밌어지긴 했으니까. 뭐 넘어갈게요."

퉁명스럽긴 하지만 왕정 나름 독존황을 배려하는 것이리라.

―……고맙다.

"휘유. 됐어요. 어서 만들기나 해 보자고요."

그렇게 얼마의 시간 동안 백해단을 만들기를 반복했을까.

오전에는 치료를 하고 오후에는 독지의 마비 독을 강화했다. 그러고서 남은 시간에는 백해단을 만드는 것만으로도 시간이 쉼 없이 지나갔다.

차라리 독지의 마비 독을 강화하는 일이라도 안 했다면 모르겠지만, 지금 상황에서는 꼭해야 하는 일이었다.

마비독 강화와 백해단 만들기로 내공을 소모하고 심력을 소모할 만한 단순 노동이 무려 두 가지나 되는 셈.

하나로도 힘든 데 두 가지를 반복하려니 죽을 맛인 왕정이다.

일주일 정도 이 짓을 반복하고 나니, 소모되는 심력에 피골이 상접하는 느낌까지 들 정도였다.

전에 백해단과 십해단만 만들 적에는 돈 버는 재미에 힘든 줄을 몰랐는데, 이런 식으로 양을 정하고 노가다하듯이 일을 하다 보니 왠지 심력 소모가 더 했다.

같은 일의 반복에서 나오는 심력 소모는 나태함에서 나오는 권태 그 이상이었다.

결국에 참다못한 그는,

"심술이나 부려볼까요?"

자신의 비법을 알아낼 수 있으면 알아 내보라는 듯이 되려 기를 더욱 불어 넣은 것도 있었다.

내공이 소모가 더 되든 안 되든 간에 괜한 심술을 부려 본 것이다.

왕정의 딴에는 꽤 노력을 해서 얻은 백해단 만드는 비법을 분석한다고 하니 기분이 상한 것도 이유였다.

—허허. 그래 봐야 네 힘만 빠진다.

"······쳇. 알아요."

그 짓도 하루, 이틀이지 삼일 정도 하니 재미가 줄었다.

치료, 독지 강화, 백해단 제작.

수련처럼 성과가 느껴지는 것도 아니고, 단순 노가다에 가까운 것을 반복해 나가려니 이쯤쯤 되자 더욱 힘들어지는 왕정이었다.

"으아아아. 어디 누가 대신해서 해 줄 수 있는 사람 없으려나요?"

—허허. 대신 해 줄 수 있는 일이라. 이건 어떻겠냐?

"수가 있는 건가요?"

—단순 반복이 싫다면 백해단을 만드는 과정을 하나라도 줄이면 되지 않겠더냐?

"과정을 줄여요?"

—그래. 단환을 만드는 거라도 다른 사람들에게 맡겨 보거라. 그럴싸하게 위장은 해야 하니 의원 정도는 구해야겠지.

독존황의 방식은 꽤나 현실적이었다.

백해단 만들기 과정에서 왕정을 힘들게 하는 가장 큰 요소는 역시 되도 않는 단환 만들기였다.

백해단을 제조하는 데 있어서 가장 중요한 것은 어차피 왕정의 내공이다.

하지만 약으로 만들기 위해서는 내공을 담을 만한 단환이 있어야 하는 것이 당연한 일일 터다.

믿음을 심어주기 위해서라도 그럴싸한 모양이 만들어지면 더욱 좋았다.

그렇다 보니 왕정은 꿀과 찹쌀에 여러 약초를 배합하여 그럴싸한 단환을 만들어 백해단의 그릇으로 사용하였다.

별 의미도 없지만, 꼭 해야 하는 과정이었기에 그로서는 힘들 수밖에 없던 터!

'할아버지가 제시한 방법을 쓰면 확실히 좀 나아지겠군.'

이 과정을 다른 이들에게 맡길 수만 있더라면 그로서도 심력 소모가 꽤 줄어들 것이다.

누군가 백해단의 그릇이 될 단환을 만들어오면 자신의 내공을 불어 넣는 것만으로도 충분할 테니까.

그리되면 백해단을 만드는 속도도 빨라질 것이다.

시간이 절약되는 만큼 왕정은 자유시간이 생기겠지!

왕정은 진정 기뻐서 말했다.

"햐…… 근래에 들어서 하신 것 중 가장 의미 있는 일이네요!"

—허허……

얼핏 들으면 비꼬는 것 같은 말이지만 왕정으로서는 진심이었다.

그는 독존황의 다음 말은 더 듣지도 않고 바로 몸을 움직였다. 목적지는 인원이 추가된 채로 여전히 유지되고 있는 무림맹 무사들을 향해서다.

"이환 무사님!"

"어이쿠. 의원님 아니십니까?"

전에는 왕정을 보고 떨던 무림맹의 무사도 이제는 적응을 한 건지 전에 비해 왕정에게 살갑게 대했다.

해골독협이라는 말을 싫어하는 왕정을 배려해 의원이라는 말을 붙일 정도였다.

"부탁 하나 할 수 있을까요?"

"부탁 말이십니까? 어려운 것이 아니라면 얼마든 들어 드릴 수 있습니다. 맹에서도 그리 명이 내려왔고요."

"헤에……."

맹에서 명령이 내려왔다라?

자신의 일거수일투족을 감시하려고 그런 것이겠지만 지금에 와선 어찌 됐건 좋았다. 편하니까.

"하남 성에 있는 의원분들 몇만 초빙해 주세요."

"그거면 되는 겁니까?"

"예. 무림맹에서 의뢰받은 걸 해결하려는데 아무래도 저 혼자서는 힘들거든요."

"알겠습니다. 당장 움직여보도록 하지요."

무림맹에서는 왕정이 이런 식으로 지원을 요청할 수 있다는 것을 이미 감안하고 있는 듯했다.

얼마 되지 않아서 평여현에도 없던 의원들을 몇 구해오는 데 성공했으니까.

"잘 부탁드립니다. 의원분들께서 해 주셔야 하는 일은……."

그때부터 왕정은 자신이 하던 일에 속도를 더 할 수 있었다.

단환을 만드는 과정을 다른 이들에게 맡기고서 자신은 기운만 불어 넣으면 되니 속도가 붙은 것이다.

그렇게 아영이 다녀가고 한 달 정도가 지났을 때!

백해단 오천 개 만들기라는 위업을 달성할 수 있게 된 왕정이다.

第十一章

의술 발전시키기

"하하. 어서 돈 주세요."

피골은 상접해 있는 그이지만 눈만큼은 반짝였다. 임금을 받는 상황이니 그럴 수밖에 없긴 했다.

"칫. 알았어! 주면 되잖아. 주면! 여기!"

"하하하."

전표이기에 무게는 가벼웠지만 상관없었다.

무림맹에서 돈을 가지고 장난질을 칠 리도 없고, 전표로 된 만 오천 냥이 자신의 품에 쏘옥 들어온 상황이다.

이미 많은 돈을 만져 본 그라고 하더라도 기쁠 수밖에 없는 것이다.

"그나저나 이 많은 돈 어디에 쓸 거야?"

"글쎄요. 독물들을 구입하거나…… 저금하지 않을까요?"

"달리 다른 곳에 쓸 일은 없고?"

"아무래도 그렇죠. 왜요? 어디 돈 쓸 데라도 있어요?"

"아니…… 그런 건 아니고."

철아영이 꼬치꼬치 캐묻는 것이 신경 쓰이긴 하지만 그녀에게도 달리 의미는 없어 보였다.

단지 순수하게 이 많은 돈들을 왕정이 어디에 쓰려는지 궁금해하는 듯했다.

"그럼 일단은 가 보도록 할게. 빠르게 보고를 해 달라고 했거든."

"예에. 가 보세요."

자신이 간다고 하는데도 시큰둥해서일까?

"칫. 좀 다정하게 하라고. 어쨌든 간다아."

단약이라고 하더라도 오천 개쯤 되면 무겁게 느껴질 법도 한데 그녀는 단약이 든 행낭을 들고 잘만 움직였다.

겉은 아리따운 아가씨임이 분명하지만 그 안은 내공이 가득 찬 절정고수이기에 가능한 묘기다.

그녀가 물러나고 왕정이 그녀의 몸놀림에 대해 품평한다.

"햐아……. 은신술도 그렇지만, 경공은 확실히 절 넘네요."

—그쪽이 전문인 듯하다. 그동안 행적을 생각하면 무림맹의 어두운 일을 처리하는 듯 하잖느냐.

"것도 그래요. 대체 무림맹에서 몰래 할 만한 일이 뭔지는 모르겠지만요."

—그리 좋은 건 아니겠지. 사람이 모이다 보면 좋은 일만 하고 살 수는 없는 법이니까.

"무림맹도 속 편히 살지만은 못한다는 소리네요."

—그런 게지. 여아도 갔으니 우리도 움직여 보도록 하자꾸나.

"예!"

철아영이 완전히 물러난 것을 확인한 왕정은 몸을 움직여서 의방에 마련된 다른 한 편으로 갔다.

왕정 자신이 아니라 무림맹에서 초빙해 온 의원들 둘이 머무르는 장소다.

본래는 무림맹에서 보냈던 의원 여섯이 머물렀었는데, 의뢰가 끝나자마자 넷이 의방에서 떠났다.

안에 들어서자,

"어이쿠. 왔는가?"

의원 하나는 달리 소일을 하러 간 건지 없었지만, 근래에 그와 친해진 의원 하나는 자리에 있었다.

왕정에게 밝힌 그의 이름은 아칠.

고생을 하지 않은 듯한 순한 얼굴에, 남자답지 않은 허연 피부가 왠지 모르게 약해 보이는 인상을 주는 자다.

그의 출신지는 의외였다. 특이하게도 고아 출신의 의원들로 이루어진 것으로 유명한 문파, 정의방(正醫房)이라고 했다.

무공 실력은 일류 정도이지만 의원으로서의 실력은 젊은 나이치고 어지간한 의원들을 뛰어 넘는단다.

무림맹에서 의원을 파견할 당시 왔던 많은 의원들 중에서 가장 선한 눈빛을 가졌던 자이기도 했다.

무슨 말인고 하니, 이곳에 남은 의원 둘을 제외한 다른 의원들은 모두 무림맹에서 보낸 탐색자인 듯했다.

왕정이 어떤 방식으로 백해단을 만드는지 알아낼 탐색자 말이다. 좋게 말해 탐색자지 첩자기도 했다.

'괘씸하긴 했지⋯⋯.'

첩자로서 열심히다 보니 처음에는 왕정이 무엇을 시키든 눈을 밝히고 했던 의원들이었다.

하지만 종래에는 왕정이 단순 배합이 필요한 단환만을 만들게 하자 어이가 없어 했다.

분명 자신들이 만드는 것은 별 약효도 없고 단맛을 내는 단환이었다.

그런데 그것이 왕정의 손에만 들어가게 되면 백해단으로

바뀌어 나오니 어이가 없을 수밖에.

애당초 무슨 비법이 있는 게 아니라, 왕정이 자신의 내공을 주입함으로써 흡독의 성질을 가지게 하는 게 해독단이다.

위력이 강하면 백해단이고, 약하면 십해단이다.

아직도 피독주를 만들거나 할 수준은 아니긴 하지만 피독주를 만든다고 해도 이런 방식이 될 거다.

그러니 의원들로서는 첩자질을 하러 왔지만, 막상 와서 할 수 있는 일이 없었다.

하지만 그들은 끈질겼다.

백해단 만드는 것을 보고 배우는 건 포기하더라도, 해독을 하는 모습을 지켜보면 무엇이라도 하나 얻을 수 있지 않을까 했던 자들도 있었다.

하지만 이마저도 기공(氣功)을 이용해서 해버리니 의술로 치료를 하는 의원들 입장에서 배울 것이 없었다.

기공 치료의 경우에는 본다고 배워지는 그런 게 아니기 때문이다.

결국 의원들은 한 가지 결론에 도달할 수밖에 없었다. 왕정에게 배울 것이 없다는 단 하나의 결론!

상황이 이런 식으로 흘러가다 보니 무림맹에서 탐색을 목적으로 보내었던 의원들은 전부 떠났다.

남은 둘?

아칠을 포함하여 그의 친우로 알려진 의원 우원방은 애당초 첩자 일을 할 생각도 없던 듯했다.

그저 의원으로서 환자들을 치료하고 의학적 지식을 쌓아 가는 것에 만족을 하는 모습이었다.

생각해 보면 의방을 떠난 의원들을 다들 꽤 나이를 먹은 편이었다. 세상에 타협할 만한 나이었다.

하지만 아칠이나 우원방의 경우에는 이제 막 정의방에서 나와 의원 일을 시작한 새내기들이었다.

아직까지는 세상물을 탈 것도 없었고, 무림맹 입장에서도 첩자 일을 맡기기에는 애매한 상태였다.

이 둘의 경우에는 첩자일이 목적이라기보다는 맹에서도 구색 맞추기로 보냈다고 보는 것이 맞으리라.

덕분에 왕정은 아무 소득도 없이 떠나간 의원 넷을 제외하고, 제대로 된 의원 둘을 얻을 수 있었다.

'인연이라면 인연이지…….'

독존황으로서도 이런 자들과는 어울린다고 해도 문제가 없다고 파악했는지, 잘 지내보라고 말을 해 줬을 정도였다.

특유의 친화력으로 이들과 친해지기 시작한 왕정은 그래 들어 새로운 일을 벌였다. 아니, 배우기 시작했다.

"에…… 그러니까 오늘은 침술의 기본에 대한 거지요?"

"그러네. 기실 의원들이 하는 의학에서도 침술을 떠나 그대가 쓰는 기공, 약을 이용하는 약학, 침을 쓰는 침술에 이르기까지……."

아칠의 성의 있는 강의로 의방이 가득 채워진다.

그는 정의방에서 비전으로 취급되는 것을 제외하고는 전부 가르쳐 주기로 마음먹었는지 가르침에 숨김이 없었다.

덕분에 왕정으로서는 많은 소득을 얻고 있었다.

의방이랍시고 차렸지만, 골병이나 해독밖에 못하는 상황에서 좋은 지식들을 얻고 있기 때문이다.

정식으로 의원 행세를 할 생각은 없긴 하다.

하지만 새로운 것을 배운다는 것. 새로운 분야와 기존에 알고 있던 것을 섞으면 큰 효과를 낸다는 것을 이미 알고 있는 왕정이었다.

기실 사냥법과 무공을 살짝 섞어주는 것만 하더라도 그를 금방 강해지게 하는 큰 힘을 주지 않았던가?

무재(武才)만 놓고 보면 그리 높은 수준은 아닌 왕정에게 큰 도움이 됐을 정도다.

이번에도 그런 식이다.

'당장에 의학 지식과 무공을 섞을 재주는 없지만 배우다 보면 뭔가 얻을 수 있을 거다.'

라는 마음가짐을 가지고 성심성의껏 배우고 있는 왕정이

었다.

그 또한 아칠에게서 얻기만 하는 것은 아니었다.

자신이 많은 환자들을 기공 치료하면서 얻은 비법 아닌 비법들을 전수하고 있으니 서로 이득이 되는 일들이었다.

비록 낮은 수준이나마 의학을 익혀가면서 새로운 발전을 위한 돌파구를 마련하고 있는 그였다.

＊　　　＊　　　＊

왕정은 발전을 하고 있을 때.

자신들의 이득을 얻기 위해서 금자 만 오천 냥이나 되는 의뢰에다가 의원까지 투입했던 무림맹으로서는 죽을상이었다.

"백해단의 약효는 어떤가? 모두 문제는 없던가?"

"예. 되려 약효가 더 강한 것들이 간간이 발견되기는 합니다."

독존황의 생각대로 그들은 왕정이 가져다 준 백해단을 통해서 왕정의 비법을 얻고자 했었다.

무림을 살아가는 그들에게 있어서 백해단이라는 것은 굉장히 유용한 물건인 터. 대량 생산의 비법이 있다면 얻으려 하는 게 당연하다.

"오천 개를 의뢰하니 의원들을 요구하는 것을 봐서는 홀로 오천 개 생산은 힘들어 보이네만……."

"그래도 의뢰를 해낸 데다가 되려 약효가 강한 것들도 있다고 하지 않은가?"

"그게 그거대로 걸리네. 대체 어떤 비법으로 하는 것일까."

"알고 있었다면 우리가 했겠지."

천하의 무림맹이라고 하더라도 금자 만 오천냥은 작은 돈이 아니었다.

어지간한 중소문파 몇을 합쳐 나오는 한 해 운영비 정도다. 그 돈을 쓰고도 효과가 없는 게 문제다.

"오천 개 정도면 분명 충분히 분석할 수 있다고 정의대에서 말하지 않았던가?"

정의대는 무림맹에서 의원들을 통솔하고 있는 대(隊)를 말한다. 정의방 출신 의원이 많아 그에 따라 지은 이름이다.

정의대에서는 의뢰를 넣을 당시 오천 개 정도의 약을 분석하면 충분히 효과를 얻을 거라 했었다.

그런데 결론은?

"분석은커녕 약효에만 놀라고 있다더군."

"……하. 완전히 실패로군."

"그렇다 해도 무슨 비법인지 반쯤은 추측이 된다고 한다더군."

깐깐해 보이는 성격을 가진 이가 묻는다. 아까부터 가장 강한 불만을 내보이던 자이기도 했다.

대체 어떤 방식으로 백해단이 만들어지는지 그도 궁금하기는 할 거다.

"그래? 어떤 방식이라고 하던가?"

"기공 치료 방식을 발전시킨 것일지 모른다는 추측을 내보였네."

"허튼소리!"

기공 치료가 발전된 방식이라니?

해독에 기공 치료를 사용한다는 말은 들었지만 약을 만드는 데도 기공 치료 방식이 쓰인다니.

그런 전례는 전혀 없었기에 허튼소리라고 할 수밖에 없었다.

무림의 상식대로라면 단환을 만드는 것까지 기로서 가능한 경우는 그 어디에도 없었다.

"하지만 그 외에는 달리 해석이 불가능하지 않은가? 분명 의원들이 만든 단약으로 백해단을 만들었네."

"그건 그러네만……."

"휴우……."

만 오천 냥 정도 되는 돈을 사용했으니 정의대나 그들이나 문제 삼는 이들이 나오게 될 것이다.

비법이라도 얻었다면 모르겠지만 그조차도 아니니 문제가 될 수밖에.

그나마 위안을 삼을 만한 점이 하나 있다면, 과정이야 어떻든 오천 개의 백해단을 얻었으니 해독단이 당분간 넉넉하게 있다는 정도다.

분석을 하느라 몇백 개 부숴먹기는 했지만 시중가보다 훨씬 싸게 사기는 했으니 완전히 손해는 아니랄까?

그래도 처음 의기양양하게 일을 나선 것치고는 없느니만 못한 성과다.

"이렇게 되면 결국에는 그를 불러들이는 수밖에 없는 것 같네."

"어떻게? 아무리 맹이라고 하더라도 이유 없이 불러들일 수는 없네. 우리는 사혈련도 아니잖는가."

사혈련이라면 무력을 동원해서라도 수 있었을 것이다.

하지만 이곳은 무림맹이다. 정파의 중심이라 불리는 곳이기에 아무래도 사람들의 시선을 '아직'은 신경 써야 했다.

"방법이 왜 없겠는가? 하나 있지 않은가?"

"무슨 방법?"

"초빙을 하는 것이지. 내년에 있을 학관의 의원 정도로!"

학관.

정식 명칭으로는 무림정의수호학관(武林情意守護學館)이라는 광오한 명칭을 사용하는 학관을 이름이다.

무림맹에서 자체적으로 무사들을 수급하기 위해서 만든 곳이며, 이곳 출신의 무림맹 수뇌도 몇 될 정도다.

기초에서부터 가르치기 시작하여, 가끔이지만 절정으로 졸업을 하는 자들도 있을 정도다.

좋은 무사들이 매년 나오는 덕분에 무림맹이 정파를 수호할 수 있게 하는 힘이기도 했다.

하지만 무예를 수련하는 학관이니만치 부상자가 심심찮게 나올 수밖에 없었다. 육체 수련과 부상은 떼려야 뗄 수 없는 관계니까.

해서 학관에는 항시 무림맹에 의술을 담당하는 의원이자 의학 사부라는 이름으로 정의대 의원들이 몇씩 대기를 하고 있었다.

그곳에 왕정을 초빙하여 둔다면?

"정의대에 반발이 있을 걸세."

"그렇다면 어찌하겠는가? 안 그래도 독곡에서 슬슬 움직인다는 이야기도 있네."

"독곡이?"

"그래. 확실하지 않아 지금껏 말을 하지 않았지만…… 때가 되긴 했잖은가?"

"흐음……."

그제야 정의대의 반발을 예상하여 인상을 쓰던 자도 생각을 달리 할 수밖에 없었다.

세대마다 몇의 무사가 나와서는 무림을 뒤흔드는 존재들이 독곡의 무사들이었다.

운남에 있는 천연의 지독한 독지를 버텨낸 무사들의 힘이라면 힘!

비무, 생사쟁투, 무림 정복 등 세대마다 다른 목표를 내보이고는 했지만 나올 때마다 조용히 지나갔던 자들은 없다시피했다.

그런 자들이 나온다면 주의를 해야 하는 것이 당연하니 백해단을 만드는 비법이 더더욱 필요할 터!

결국 반대를 하던 자도 다른 의견을 말할 수밖에 없었다.

"그럼 방법이 없긴 하겠군. 좋네. 정의대는 이번 일의 실패를 구실 삼아 불만을 잠재우겠네."

"그래. 그게 좋겠구먼. 분석도 못 했으니 초빙을 하겠다는데 뭐라고 하겠는가?"

"대신에 옆에서 두고두고 지켜보면서 비법을 얻으라고는 해야겠지."

"승부욕에 불탈 테니 전보다 더 잘하겠구먼. 안 그래도 요즘 정의대 의원들이 좀 게으르긴 하지 않았던가."

"허허. 정의대 전대 대주인 나를 두고 그런 말을 해서야 쓰나! 어쨌든 내 움직여 보도록하지."

정의대의 전대 대주라?

그라면 정의문에서도 수호 장로로 있으며 무림맹 장로 자리에 있는 완헌이 아니겠는가.

수십 년째 무림맹에서만 뿌리를 박고 있어 별호는 잊혀진 지 오래이지만 확실히 높은 자리에 있는 자다.

그런 그가 나선다면 정의대라고 하더라도 말을 들을 수밖에 없을 거다.

"부탁하네."

"허허. 그래. 이 녀석들이 알아서 잘 했다면 나설 것도 없었을 것을…… 움직여 보겠네."

학관.

무림정의수호학관이 다시 문을 여는 때는 내년의 봄일 터. 가을에 들어서고 있는 지금으로서는 반 년 정도의 기간이 남아 있었다.

그 사이 어떤 일들이 행해질지는 모르겠으나, 왕정에게는 꽤나 귀찮은 일이 될 것이 분명했다.

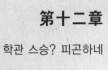

第十二章

학관 스승? 피곤하네

"이거 재미있는데요?"

의원 아칠로부터 침술을 배우기 시작한 지가 벌써 세 달이다.

굉장히 오랜 기간은 아니지만 내공이 느는데도 별 성취도 없고, 달리 일도 없으니 침술에 집중하던 기간이기도 했다.

어떤 혈맥에 침을 놓아야 하고, 어떤 방식으로 놓아야 하는지에 배우고서는 작은 것에서부터 차분히 실습에 들어갔던 그다.

뭐든지 기초가 중요하다는 아칠의 고집 때문에 사람은 아니고 닭에서부터 실습을 시작할 수 있었다.

그런데 침을 놓고 보면서 침을 통해 닭이라는 작은 생물의 기를 느끼다 보니 침술에서도 꽤 재미를 느끼게 된 왕정이었다.

내공을 쌓기 위해 자신의 기운을 느끼다 보면 혈맥의 움직임을 느끼기는 한다.

기공을 치료하다 보면 자연스럽게 상대의 기가 어떻게 돌아가고, 어떤 식으로 기가 흐트러졌는지를 보게 된다.

하지만 이런 식으로 침을 통해서 기를 느끼는 것은 또 색다른 경험이었다.

전에 없던 완전히 다른 방식으로 기가 느껴진달까?

굳이 비유를 하자면 심법을 돌릴 때나, 기공 치료를 위해서 환자를 치료할 때는 전반적인 기의 흐름이 느껴진다면 침술은 그와 달랐다.

침이라는 것을 한 단계 거쳐서 기를 느끼다 보니 침이 마주하고 있는 혈맥의 기운만이 또렷하게 느껴졌다.

작고 미세한 기운이 흐르고 있는 혈맥에 침이 닿아 들어가게 되자, 그게 더욱 크게 느껴진다.

"헤에……. 뭔가 확대가 되는 느낌이네요."

─나로서도 신기하구나. 허허.

본래라면 이런 식으로 침술을 시작하자마자 기를 느낀다거나 하지는 못했을 거다.

어디에 침을 꽂을지도 고민부터 해야 할 초보 의원이 어디 침을 통해서 기운을 느낄 수 있을까?

하지만 왕정의 경우에는 특수했다.

해독을 하자고 찾아 온 환자나 골병이 든 환자를 위해서 기공 치료를 하다 보니 기를 느끼는 데 예민했다.

유명세를 타게 되니 경험도 풍부해지지 않았던가.

그에 더해서 그의 수련 방식은 권법보다는 기 그 자체를 가지고 하는 '구체화' 수련이 주된 수련이다.

생업으로 하는 의원일에서부터 수련에 이르기까지 전부 기와 관련이 있는 것이다.

그렇다 보니 아직도 절정의 끄트머리에 있긴 했지만, 기를 느끼고 파악하는 것 자체는 그를 뛰어넘는 수준에 있었다.

철아영이 왕정과 비슷한 경지에 있으면서 은신과 경공이 특기인 것과 같은 이치다.

"이런 식으로 기를 증폭하면 순간적으로 강하게 하는 것도 되겠는데요?"

―그럴지도 모르겠다. 하기는…… 정의방이란 곳에는 본래부터 그런 방식이 있다고 들었다.

"그래요?"

―할 줄 아는 자가 몇 없기는 하지만 침을 이용해 기를

증폭시켜 순간적으로 강해진다 들었다.

그런 방식이 있을 줄이야!

소일 삼아서 침술이나 익히자고 마음먹었던 왕정으로서는 전혀 생각지도 못한 것이기에 문득 깊은 호기심이 들었다.

해서 그는 아칠에게 가서 물었다.

"아칠 형님. 정의방 출신이라고 했었죠?"

"그러네만……."

"혹시 정의방에는 침으로 기를 증폭시키는 방식이 있는 겁니까?"

자신이 가르쳐 준 것도 아닌데 새로운 생각을 해 오는 왕정이 신기했는지 그가 되물어본다.

"아…… 그건 어디서 들었나?"

"그냥요. 실습을 하다가 그런 생각이 들어서요."

"하하. 소제도 대단하구만. 그런 방식이 있긴 하네. 하지만 비전이라 가르쳐줄 수는……."

호기심을 해결하자고 상대에게 부담을 줄 필요까지는 없었다. 왕정은 적당히 물러서기로 마음먹었다.

"에이. 저도 비전까지 가르쳐 달라고는 못하죠. 그냥 호기심이 든 것이니 너무 신경은 쓰지 마세요."

"그렇게 생각해 주니 감사하군."

"뭘요. 당연한 것을요. 기공 치료는 잘 배우고 있지요?"

"소제 덕분에 잘 되어 가고 있네. 이 부분에 대해서는 많이 고맙다네. 하하."

대화의 주제를 바꿔 아칠과 이야기를 나누던 왕정은 자신의 수련지인 독지로 돌아와 눈을 빛냈다.

"이거 생각하면 할수록 무궁무진한 방법이 있네요."

—그렇더냐?

"예. 침술을 잘만 사용하면 별별 일을 다 할 수 있겠는데요. 이를테면…… 자아. 이걸 봐요."

끼엑!

왕정의 손에 잡혀 있던 닭이 전에 없던 괴성을 내지른다. 큰 소음이지만 독지라 들을 자는 달리 없었다.

잠시 고통 어린 비명을 지르던 닭이 왕정의 침을 꽂은 채로 사방팔방 뛰고 날아다녀 본다.

고통이 느껴져서 날뛰는 것이라기보다는 힘이 강해져서 그런 듯 보였다.

"사람이든 동물이든 기의 순환이 매끄럽지 않은 곳이 있잖아요?"

—그렇다.

"그런데 이걸 봐요. 순환이 매끄럽지 않은 곳을 침으로 잠시만 뚫어줘도 저렇게 펄펄 날아다니잖아요."

―흐음…… 순간적으로 강해진다 이것이더냐? 하지만 지금 보면 효과가 얼마 되지는 않는구나.

"에?"

잠시 살펴보는 그 사이에 닭은 다시 원래대로 돌아와 있었다.

왕정이 꽂아 놓은 침으로도 기가 살아나는 것은 아주 잠시뿐인 듯했다. 반의 반각도 되지 않는 짧은 효능이었다.

"진짜 짧네요? 대체 정의방은 어떤 방식으로 몇 시진씩 강화를 하는 걸까요?"

―그걸 아무나 할 수 없으니 비법이겠지. 그래도 재미있긴 하구나. 잘만 활용하면 순간적으로 강해질 수 있지 않느냐.

"그래 봐야 정말 순간인데요? 아. 이런 방식도 되긴 하겠군요."

부우웅!

왕정은 순간적으로 기를 구체화시켰다. 드러내는 모습은 평상시의 단검이 아니라 침술에 쓰는 침의 모양이었다.

장침 정도가 아닌 그보다 짧은 중침이기에 그리 어렵지 않는 구체화였다.

구체화시킨 기를 가지고 왕정은 자신의 앞에서 침을 꽂은 채로 먹이를 찾고 있는 닭에 다시 침을 꽂았다.

꾸엑!

침이 박히자마자 닭은 닭 주제에 돼지 멱따는 것 같은 소리를 냈다. 불가사의한 성대를 가진 닭이랄까?

어쨌건 효과는 확실했는지 아까보다 더욱 펄펄 날뛰기 시작하는 닭이었다.

"봐봐요. 이번에는 좀 더 효과가 있고 오래가죠?"

—단순히 침으로만 기를 강화시키는 게 아니라, 기로서 기를 강화시킨 덕분이더냐?

"그런 거 같아요. 흐음……."

응용에 천재라고 할 수 있는 왕정이기에 그는 자신이 얻은 새로운 능력을 가지고 머리를 굴려 보았다.

닭도 결국 일각 정도의 시간 후에 원래대로 돌아가기는 했지만 쓰기에 따라서 분명 효과가 있을 거다.

일각 정도만 강해진다고 하더라도 실제 대결에서는 꽤 유리해질 테니까.

'새로운 능력을 얻을 거 같다고 대련부터 생각하다니…… 나도 반쯤은 무림인이 다됐군.'

그리 자조해 나가면서도 왕정은 끊임없이 고민하고 생각을 했다.

어떻게 하면 구체화된 침으로 자신을 강해지게 할 수 있을까?

이것 외에도 다른 방식으로 도움이 되게 하는 것은 없을까?

새로운 방법의 안정도는?

닭이 아니라 다른 사람에게 쓰는 것은 또 쉬울까? 기를 좀 더 세밀하게 파악해서 해야 할까?

많은 부분에 있어서 생각이 스쳐 지나가고, 어떤 방식으로 응용할 수 있을지에 대한 고민이 계속 피어난다.

어느 쪽이든 새로운 힘의 응용은 왕정이 강해지는 데 일익을 담당할 터.

독존황 또한 왕정과 함께 새로운 방식에 대한 고민을 해 나갔다.

무인으로서 깨달음이라는 것 없이도 응용 하나만으로 강해지고 있는 왕정이었다.

*   *   *

그렇게 가을에 얻은 침술에 대한 새로운 응용에 대한 고민으로 겨울을 나고 있을 무렵.

"헤에…… 정말 되긴 하네요?"

―그래 봐야 반 각이긴 하지만 정의방의 것을 흉내를 낼 수는 있게 됐구나.

"에이, 뭐…… 알아보니까 정의방의 것은 완전 사기던데요? 절정이 초절정이 되는 위력이라니! 단 몇 시진이지만 사기라고요."

—몇 시진인 거 자체가 사기긴 하다. 하지만 후유증이 보통이 아니라고 하지 않더냐.

"에…… 뭐 이 주는 쓰러지긴 한다고 했죠. 그래도 사기는 사기예요. 응용하기에 따라 후유증 최소화도 된다잖아요."

—그러니 의방이면서도 문파를 표방할 수 있었을 게다.

"음…… 것도 그러네요."

왕정은 지난 가을과 겨울에 이르기까지 침술에 대한 응용과 수련을 더 해 나가면서 침을 통한 강화법에 대해서 알아나갔다.

우칠의 경우에도 비전을 직접적으로 가르쳐 달라는 것도 아니고, 얼마나 강해지는지 위력을 묻는 거라 가르쳐 주지 못할 것도 없었다.

그렇게 해서 들은 강화법은 아주 사기에 가까웠다.

단 몇 시진이지만 경지를 한 단계에서 두 단계는 뛰어넘게 하는 게 침을 통한 강화법이었다.

후유증이 심하기는 했지만, 몇 시진이나마 강해질 수 있다면 꽤나 매력적인 강화법이지 않는가?

거기다 적당히만 '강화'를 시키는 방식을 이용하면 별 후유증이 없이도 강해지는 게 가능하단다.

듣기로는 전반적으로 강하게 하는 것이 아니라고 한다.

좀 더 기를 매끄럽게 사용할 수 있게 된다든지, 기의 양을 일시적으로 늘린다든지 하는 방식이다.

'일부만 강해져도 부족한 것을 채워서 강해지면 그게 사기지⋯⋯.'

어떤 식으로 강해지든 침술을 통해 강해진다는 거 자체가 사기였다. 그러니 비전이기도 할 것이다.

"만약 후유증도 없었으면 정의방이 최고의 문파가 됐겠죠?"

—모를 일이다. 몇 단계 강해질 수 있다고 하더라도⋯⋯ 기본 토대가 있어야 하지 않겠느냐?

"흠⋯⋯ 절정에서 초절정이 되면 사기지만. 이류가 일류 되어 봐야 무림 판도는 못 바꾼다. 뭐 이런 건가요?"

—바로 그 말이다.

"에⋯⋯ 뭐 결국에는 일시적으로 강해질 수는 있어도 자기의 본 실력이 중요하다 이거군요. 흐음⋯⋯."

—그러니 수련을 해야겠지. 그러니 좀 더 정진해야 하지 않겠더냐? 응용도 좋지만, 본 실력도 높아져야 하는 법이다.

"그거야 알죠. 하지만 깨달음이 어디 쉽게 얻어지는 것도 아니고. 에휴……."

그가 근래에 들어 침술에만 매달리는 것도 다 이유가 있다.

워낙에 응용을 하는 걸 좋아하는 것도 이유긴 하지만, 더는 늘어나지 않는 실력에도 이유가 있었다.

내공도 이 갑자가 되고나서부터는 독을 흡수해도 독정의 크기가 쉽사리 늘어나지가 않았다.

구체화나 초식의 수련만 하더라도 뭔가 벽이 있어 막히기라도 한 것처럼 더 발전을 못하고 있었다.

지지부진의 상태.

그게 지금 왕정을 표현할 만한 상태라고 할 수 있으리라.

"초절정이 못 된다고 죽거나 하지는 않겠지만 뭔가 벽에 턱하고 막힌 거 같단 말이죠."

─초식, 내공이 안 되면 경험이라도 하러 나가는 건 어떻더냐? 독지도 안정화되어 가지 않더냐.

"흐음…… 경험이라……."

무엇을 경험해야 강해질 수 있을까? 사람에게 더 이상 묶이지 않을 정도로 강해지려면 얼마나 더 노력해야 할까?

침술 강화에 대한 응용, 지지부진한 수련에 대한 고민을 지속해 나가는 그였다.

　　　　　*　　　　*　　　　*

　가을에서부터 겨울의 마지막에 다다라가는 와중에까지도 왕정의 고민은 계속되어 가고 있었다.

　"아무리 생각해도 뭐 없네요."

　―경험을 쌓기 힘들다면 반복적인 수련도 답이다.

　"음…… 지겹긴 한데…… 어쩔 수 없겠죠."

　왕정이 그동안 너무 빠르게 성장을 해 나갔기에 처음 느껴진다고 할 수 있는 벽이 지금의 벽이었다.

　다른 이들이라면 절정에 다다르기 전에 느꼈을 벽을 지금에 와서 느끼고 있는 것이다.

　처음 마주하는 벽이 초절정이라는 거대한 벽이니 절망을 할 법도 하건만, 제법 잘 버티고 있는 그였다.

　특유의 긍정적인 성격이 초절정의 벽 앞에서도 발동이 된 것이다.

　'어떻게든 되겠지…… 평생 이러지는 않을 거 아냐?'

　조금은 무책임하긴 하다.

　어쨌건 그만의 방식으로 지지부진한 수련을 계속해서 이어 나가고 있을 무렵, 오랜만에 맹에서 사람이 나왔다.

　이화, 정우, 아영 셋 중에서 온 이는 아무도 없었다.

무림맹 파견 무사 이환의 안내를 통해서 올라온 이는 도사의 차림을 하고 있는 인자해 보이는 노인이었다.

—무당파다.

왕정은 무슨 복식인지 경험이 없어 전혀 몰랐지만 그를 대신해 독존황이 어디 출신인지를 알려줬다.

[무당파요?]

—그래. 호북성에 있는 호랑말코들이지. 도관으로 시작을 해서 구파일방 중 하나로 자리를 잡았지. 도복에 수놓아져 있는 것이 저들을 알리는 표식이다.

[에…… 그런 거군요.]

호랑말코들이라는 말이라든가, 뒤에 이어지는 이야기들은 적당히 넘겨가면서 참고를 하는 왕정이었다.

"무량수불. 부족하지만 무당의 오룡대를 맡고 있는 현청운이라 합니다."

외유내강을 본질로 하는 무당파의 도사답게 인상만 놓고 보면 그리 강해 보이지 않는 자였다.

무당을 세운 장삼풍의 십일제자 중 넷을 일컫는 태화사선. 오룡궁은 그 태화사선 중 한 명이 맡았다고 알려진 곳이었다.

그런 오룡궁을 수호하는 것으로 유명한 오룡대를 맡고 있는 자라고 하니 낮은 실력을 가진 자는 아닐 게 분명했다.

게다가 딱 봐도 연배 또한 왕정보다 한 배분 이상의 사람이 아닌가?

자신보다 어른이라는 이유만으로도 예를 취하지 않을 이유가 없었다.

"부족하지만 해골독협이라는 별호를 가지고 있는 왕정이라고 합니다."

"허허. 소문보다 깊으신 눈을 가진 분이십니다."

"과찬이십니다."

"잠시 이야기를 나눌 수 있을는지요?"

"물론입니다."

무당파 출신에 무림맹의 사람으로 나선 것치고는 필요 이상으로 예를 갖추고 있는 현청운이었다.

예가 버릇처럼 몸에 박힌 자이거나, 그도 아니면 심계가 깊은 자인 것이 분명했다.

'귀찮게 됐네……'

보통 사람이 아니기에 그를 대하기 위해선 긴장이 필요할 터.

생각지도 못한 일에 귀찮음이 느껴지기도 하지만 이를 내색하지 않고 최대한 예를 지키며 현청운을 대하는 그였다.

의방에서 일하는 이들 중에 하나가 적당히 다과를 내오자 그제야 현청운이 이야기를 시작했다.

"무림맹에 학관이 있는 건 아시는지요?"

"하남에 있으면서 그를 모를 리가요. 짧은 식견이지만 알고 있습니다."

무림정의수호학관.

들으면 들을수록 광오한 이름이다. 그나마 그 이름에 걸맞은 자들이 몇 년마다 나오곤 하니 명맥이 유지되는 걸 거다.

'내 별호만큼이나 웃긴 곳이라니까…….'

처음 학관에 대해서 들었을 당시 그 웃기지도 않은 이름을 누가 만들었을까 상상하며 한참을 웃었던 적이 있는 왕정이었다.

"허허. 그렇다면 한 달쯤 있으면 슬슬 학관에서 사람을 모집하는 것도 아시겠지요?"

"예. 그렇다고는 들었습니다."

대체 무얼 말하려는 걸까? 설마 자신에게 학관에 들어오라고 하는 것일까?

'그럴 리가…….'

학관에서는 무림의 신출내기를 뽑는다.

구파일방이든, 오대세가든, 설사 고아든 상관없지만 모두 신출내기여야 한다는 게 조건이다.

때로 중소문파 출신의 문파원들이 들어가 크게 이름을 드

높이기도 하고, 구파일방의 후기지수가 자신의 사람들을 모으는 곳이기도 한 재밌는 곳이 학관이다.

어쨌건 우습지도 않지만 이미 해골독협이라는 별호가 있어 명성이 꽤 오른 왕정이 아니던가.

그로서는 무림초출이라기엔 기준에 맞지 않았다.

헌데 이어지는 현청운의 말이 의외였다.

"학관에 해골독협 님을 초빙하고 싶습니다."

"음? 제가 학관에 말입니까?"

초빙이라니? 학생으로 들어가서 배움이라도 얻으라고 하는 건가?

순간 왕정에게 혼란이 오려는 찰나.

─초빙이라고 하지 않았더냐. 학생이 되라는 게 아니다.

'아……'

그제야 이해를 한 왕정이었다.

'아니 그래도 웃긴데?'

자신의 나이는 이제 십 대 후반이다. 무공을 익힌 지 시일이 꽤 지났지만 아직 이십이 되려면 시간이 더 걸린다.

그런데 그런 자신을 초빙한다? 늦은 나이일 경우 이십 대 초반도 들어오는 곳이 학관이라고 들었는데?

정말 초빙을 하는 것이라면 자신의 나이보다 많은 사람을 가르치라는 소리가 아닌가?

배분으로 모든 것을 따지는 곳이 무림이라지만 말도 안 되는 소리였다!

왕정은 확인을 해야겠다고 생각하고 다시금 물었다.

"초빙이라 말씀하심은…… 제가 학관의 스승이 되라는 것입니까?"

"그렇습니다."

"제가…… 의술은 그리 대단한 것이 아닌지라……."

"상관없습니다. 정확히는 의술을 가르치는 것보다는 혹 여 나오는 환자들을 치료해 주셨으면 합니다."

"치료요?"

"예. 이번에 학관에서 새로운 무공 훈련을 개설했습니다. 독에 대한 저항 훈련이지요."

"아……."

이러면 이야기가 편했다.

작금에 가장 해독을 잘하는 이가 누굴까?

사천당가도 당가지만, 왕정의 명성이 제일 높은 편이다.

오죽하면 해골독협이라는 우스운 별호 중에 해(解)라는 말이 해독에서 나온 말일까.

대결에서도 승리한 바가 있는지라, 그의 명성은 지금도 계속해서 올라가고 있을 정도다.

게다가 사람도 가리지 않고 치료를 해 주니 왕정이 해독을 맡으면 독에 대한 저항 훈련도 맘 놓고 할 수 있을 거다.

하지만 분명 문제가 있긴 했다.

'수지 타산이 안 맞잖아?'

자신에게 이득이 없다는 것이 문제였다.

무림맹에서 자신에게 돈을 줘봐야 얼마나 줄 수 있을까?
아무리 줘도 고관대작들만은 못할 거다.

그런데 무림맹에 학관 스승을 맡고 있으려면 못해도 저항
훈련이 진행되는 몇 달은 붙어 있어야 할 게 아닌가?

그 몇 달간 벌지 못할 돈을 누가 책임져 주겠는가?

아무리 무림맹이라고 하더라도 자신의 돈을 절. 대. 로.
채워주지는 못할 거다.

'게다가 특별대우를 해 줄 리도 없으니…… 쥐꼬리만 할
텐데…….'

그가 거절의 의사를 내보이려는 찰나, 독존황이 그에게
먼저 말했다.

─맡도록 해라. 조건을 몇 달기는 해야겠지만 분명 도움
이 될 게다.

[그래요?]

─그래. 자세한 설명은 이 할애비가 이따가 해 줄 터이
니. 일단 맡거라.

[그렇다면야……]

분명 돈을 떠나 뭔가 얻을 만한 것이 있을 테니 맡으라고
하는 걸 게다.

　근래에 들어서는 왕정도 독존황의 말에 잘 따르는지라 이
번 판단만큼은 독존황의 말을 듣기로 했다.

　"……부족하지만 제가 할 수 있다면 맡도록 하겠습니
다."

　"오오. 감사합니다! 어찌 설득을 해야 할지 오면서도 걱
정을 했거늘……. 허허. 흔쾌히 도와주시다니 무림의 홍복
입니다!"

　과연 그가 학관 스승을 맡는 게 무림의 홍복이 되는지는
모르겠다. 앞일이야 두고 보아야 하는 일일 테니까.

　하지만 현청운이 진심으로 웃고 있는 표정을 보고 있노라
면, 적어도 현청운은 높은 배분에도 불구하고 세상의 때가
덜 탄 것처럼 보였다.

　노인의 나이임이 분명할 텐데도 때 묻지 않은 순수가 느
껴진달까?

　'뭐 저런 분들이 있어서…… 무림이 돌아가기는 하는 거
겠지.'

　그리 생각하면서 현청운이 내미는 손을 맞잡는 왕정이었
다.

第十三章

준비와 출발

왕정이 없으면 해독을 할 수 있는 자가 없기에 그가 학관에 가게 되면 잠시 휴업을 할 수밖에 없었다.

　　아쉽긴 하지만 의방의 사람들에게는 당분간 문을 닫을 수 없다고 전했다.

　　이를 전해 듣는 현의 사람들로서는 갑작스럽게 실직자가 된 것이나 마찬가지란 생각이 든 듯했다.

　　하기야 현재 그들에게 안정적으로 일을 시켜주고 있는 것은 왕정이지 않은가. 당연한 이야기다.

　　"어이쿠. 그럼 저희는……."

　　"일은 계속해 주시면 됩니다. 감자밭은 감자밭대로, 약초밭은 약초밭대로요."

"그럼 수확은 어떻게 합니까요?"

"그 또한 창고를 미리 얻어 놓았으니 그 안에 넣어주시면 됩니다."

"썩을 수도 있습니다요."

자신의 일자리만 지키면 되는 것을 칠우 아버지는 왕정이 얻을 수확물들에 대해서도 걱정을 해 준다.

'이게 정이겠지.'

왕정은 그리 생각하면 답 해 주었다.

"괜찮습니다. 혹여나 썩더라도 문제가 없으니 일하던 분들은 자기 할 일만 해 주시면 됩니다."

"예? 썩어도 된다는 말입니까?"

"예. 썩게 되더라도 다 쓰임이 있으니 걱정하지 마시지요."

"그렇게까지 말씀하신다면야…… 열심히 하고 있겠습니다요."

"하하. 부탁드립니다."

감시를 하지 않는다고 하더라도 현의 사람들이라면 충분히 잘해 줄 거다.

다들 왕정에게서 도움을 받았던 전적이 있었던지라, 칠우 아버지처럼 자기 일같이 열심히 하는 그들이니까.

'……가족이 있으면 이들 같으려나?'

고아로 살아 온지 오래인 그다.

독존황이 있다지만, 정신적으로는 감응을 해도 살과 살이 부딪치는 따뜻함은 느껴본 지 오래다.

'에이…… 더 생각해서 뭣하겠어. 그래도 언젠가는…….'

이쁜 각시를 구하고, 자식들을 둬야지 하고 꿈을 그려보는 왕정이다. 일단 꿈은 꿈이고 할 일부터 해야 했다.

혹시 누가 아는가?

무림맹 학관에서 자신의 마누라 감을 구할 수도 있는 것이다. 세상일은 모를 일이니까 충분히 가능성이 있었다.

"삯은 무림맹 무사들이 여전히 챙겨 줄 겁니다. 혹시 문제가 있다면 그들에게 말하시고요."

"그 뭐냐……, 산에 사람들이 들어가려고 시도하는데 그것도 보고합니까요?"

"너무 잦다 싶으면 보고를 해 주세요. 마을 사람들도 주의하시고요. 강한 마비 독입니다."

"예! 여부가 있겠습니까. 그럼 맡겨만 주시지요."

"든든하네요. 하하."

해독을 제외하고는 자신보다 의술이 높은 의원 아칠과 우원방은 남아 있어 주기로 했다.

그들이라면 의방의 현상 유지 정도는 해 줄 거다. 해독은 치료하기 힘들어도 골병은 어떻게 될 테니까.

아칠의 경우에는 왕정에게 기공의 비법을 전수받은 덕에 골병 치료가 가능한 덕분이다.

"맡겨만 주시게나. 작은 현이라도 이 모두 의를 행하는 것이 아니던가."

"고맙습니다. 모든 의원들이 형님만 같았더라면 좋았을 텐데 말입니다."

그러면 많은 이들이 쉽게 죽지 않았을 지도 모른다.

"허허. 소제가 내게 금칠을 하누만. 어서 가 보게나. 현청도 들러야 한다고 하지 않았나."

"예!"

이곳 평여현은 지금의 왕정에게 고향과도 같은 곳이다. 이곳에서 워낙 벌인 일이 많다 보니 떠나는 것도 일이었다.

현의 경제가 그를 중심으로 돌아가다시피 하다 보니 왕정이 없으면 현의 세금이 덜 걷힐 수도 있을 정도다.

고관대작들을 맞이하기 위해 만들어진 여관이나 주루들. 그의 약초밭과 감자밭에서 일하는 인부들.

땅꾼에 약초꾼들까지 그와 얽힌 자들이 워낙 많았다.

그럼에도 현령은 왕정이 없으면 현의 세금이 덜 걷힐 수도 있음에도 시원스레 그를 보내주었다.

되려 충고까지 해 줬을 정도다.

"허허. 그래, 의원으로 초빙 되었다고?"

"예. 부족하지만 그리되었습니다. 독 저항 훈련에 해독을 맡아달라더군요."

"해독이라…… 얼핏 어울리기는 하네만……."

잠시 뜸을 들이던 현령이 말했다.

"매사에 조심하게나. 단순히 해독을 위한 것이 아닐 수도 있으니……. 무슨 일이 있다면 바로 찾아오도록 하고."

그로서 많은 것을 계산하고 말해 줬음이 분명하다. 어려울 때 찾아오라 말하는 것은 그로서도 큰 호의일 터.

무뚝뚝하지만 따뜻함이 느껴지는 말이었다.

"아…… 감사합니다. 꼭 보중해서 돌아오도록 하겠습니다."

"허허. 그래야지! 그대가 있어야 이 현도 돌아가지 않겠는가."

"하하. 그렇게 되나요? 꼭 돌아오지요. 그리고 이것 받으시지요."

"뭔가?"

"백해단입니다. 생각해 보니 현령님께는 드린바가 없어따로 준비했습니다."

"허허…… 큰 선물이로군."

"그럼 몸 보중하시길……."

왕정이 자신이 할 수 있는 최대한의 예를 차리며 평여 현령에게 인사를 올렸다.

현령이라는 자리에서 최대한 자신을 신경 써 주는 현령에 대한 그만의 예의였다.

'왠지 발길음이 잘 띨어지지 않는 서 같네…….'

그렇게 왕정이 나온 현청의 앞에는 예의 그녀가 기다리고 있었다.

아름다움 하나만으로도 절정의 경지급인 이화였다. 이런 일의 경우 아영이 올 줄 알았는데 그녀가 온 건 의외긴 했다.

"헤에…… 누님도 바쁘시지 않나요?"

"임무야."

무뚝뚝하게 말을 받지만 얼굴이 약간 상기된 것이 그녀도 지금을 즐기고 있는 게 분명했다.

"그럼 잘 부탁드릴게요."

"응. 가자."

임무라고 하더라도 어차피 하남성에서 하남성으로 움직이는 것뿐이다.

정파의 중심이라고 할 수 있는 하남성에서 산적이 날뛸 일도 없으니, 그녀가 온 것은 무림맹의 배려일 거다.

이왕이면 안면이 익은 사람의 안내를 받고 오는 것이 편하다는 사실을 그들도 알고 있는 것이다.

'빚이라면 빚이려나? 에이, 뭐 작은 일이긴 하지만······.'

무림맹에서 이화를 보낸 것을 속 편하게 생각하기로 마음먹으면서 북으로 향하는 그였다.

목적지는 성도 정주와 소림사의 숭산 사이에 있는 신밀(新密)이다!

*　　*　　*

평여현에서 시작하여 서평현을 지나, 허창에 이르러 신밀 바로 전인 신정에 이르기까지.

길다면 긴 여정이고 짧다면 짧은 삼 주간의 여정이었지만 달리 일이라고 할 것이 아무것도 없었다.

'한적하네······.'

여정을 시작하기 전에 생각을 한 것과 마찬가지로 감히 그들을 건드릴 자들은 없었다.

객잔만 하더라도 무림맹의 무사들이 사용하는 곳이 따로 있는 건지 몰라도 시비를 거는 자가 없었다.

되려 이화가 보여주는 무슨 패를 보고는 따로 특실이나

별채로 안내를 해 줄 정도였다. 아니면 가장 높은 층인 식이었다.

지금만 하더라도 별양루의 가장 큰 객잔의 높은 층을 둘이서 차지하고 앉아 있는 상황이었다.

"뭔가 굉장한 호사를 누리고 다니는 거 같네요."

"학관의 스승으로 가는 거니까. 특별대우다."

"헤에…… 특별대우라니."

아직 어린아이 같은 감정이 남아 있는 건지 특별대우라는 말에 가슴이 두근거리는 왕정이었다.

하기야 고생만 했던 그였지, 언제 이런 대우를 받았겠는가.

비록 현과 현 사이를 지나 신밀까지 가는 여정이었지만 꽤나 호사를 누리고 있는 그였다.

"오늘은 뭘 시킬 건가요?"

"가장 잘하는 걸 시켰다. 그게 가장 편하니까."

"뭐 잘 나오기야 하겠죠. 후후. 오늘은 뭐가 나올까 기대되기는 하네요."

식도락이라는 말이 괜히 있는 게 아니듯, 호사를 누리면서 맛있는 음식들 또한 즐기고 있는 왕정이었다.

전에는 그냥 입에만 다 들어가면 똑같지라고 생각했지만 요즘은 좋은 것을 먹는 것도 좋다고 생각할 정도랄까?

무림맹 무사라는 말에 숙수들이 특별히 준비했을 요리를 먹는 것도 행복이라면 행복이었다.

'이러다가 의방에 가면 숙수를 구할지도…….'

맛있는 음식이 주는 행복에 대해 깨달아 가니 별의별 생각을 다하는 그였다.

일단 나오는 음식부터 보자는 생각에, 점소이가 올라올 계단을 집중해서 보고 있을 무렵. 누가 올라왔다.

"어?"

기다리던 점소이가 아니고 화려한 경장을 입은 남자 셋이었다.

잘 사는 집의 도련님 정도 되는 것인지 차려입은 복식도 그러하고 그 재질이 보통 가격은 아닌 듯했다.

'호오? 굉장한 사치네.'

왕정의 손님으로 오는 자들 중에서 고관대작이나, 대상가의 자제들이 많았기에 왕정도 사치품을 볼 줄 아는 시야가 꽤 늘어난 터다.

쉽게 말해 뭐가 비싼 건지 알 만한 눈을 가졌다는 거다.

그런 그가 보기에도 오랜만에 눈이 휘둥그레질 만한 복장을 하고 있으니, 보통 사치를 부린 게 아닌 이들이다.

"하하. 여기 앉도록 하지."

"음? 선객이 있군?"

왕정과 이화를 보고서는 셋이서 잠시 속삭이는가 싶더니 그 셋 중 하나가 왕정에게 다가왔다.

처음 보는 이에게 다가오는데도 얼굴에 자신감이 넘치는 것으로 보아 평소 뭔가를 하는 데 막힘없이 살아 왔을 거다.

그게 가문의 힘이든 혹은 그가 가진 무공의 힘이든 간에 말이다.

하기는 나이도 어려 보이는데 태양혈이 불끈 솟은 것으로 보아 적당한 객기를 가지고 있을 만했다.

그가 와서 포권을 올리고는 말했다.

"운남상가의 상일운이라고 합니다. 소저께오서 잠시 괜찮으시다면 함께 식사라도 하시는 것이 어떻겠습니까?"

왕정이 있는데도 그는 언급도 하지 않은 채로 이화만 놓고 같이 식사를 하잔다. 이거 어디 삼류 소설에서나 나올 상황이 아닌가?

호사가들이 이야기하는 것 중에 이런 이야기들이 꽤 있다.

힘을 알리지 않은 은거기인이나 신진 고수가 아리따운 여인과 식사를 하고 있는데, 웬 벌거숭이 자식이 아리따운 여인에 눈이 멀어 꼬신다거나 하는 이야기!

그런 이야기의 마지막은 어떻냐고? 뻔하잖은가!

언제나 은거기인이나 신진 고수가 벌거숭이 자식 놈을 혼내주는 것으로 끝이 나는 게 당연했다.

굉장히 상투적인 이야기다. 자신에게는 겪을 일이 없는 일이라 생각했는데 지금 겪고 있는 왕정이었다.

'와아. 웃기네.'

당이운이 새로운 미친놈이었다면 이놈은 상투적인 미친놈이었다.

자신이 절정에 이르고 태양혈이 들어가니 무시하고 있는 거 같기는 했다. 이화도 절정에 이르러 겉으로 보기엔 보통 여인같다.

아니, 아름다운 외모를 가진 평범한 여인 같아 보이긴 한다.

하지만 조금만 더 오래 이화와 왕정을 살펴보거나 생각이 깊었다면 감히 이런 짓을 하지는 못했을 거다.

무림맹 무사들이나 혹은 그곳으로 가는 자들이 대우를 받는 곳이 이곳 객잔이다.

그런 곳에 왕정과 이화만 홀로 자리하고 있었다면 대우를 받는 것이라는 걸 뻔히 알만하지 않은가?

굳이 태양혈이 툭하고 튀어나오지 않았더라도 왕정을 무시한다는 것 자체가 미친 짓이다.

뭔가가 있으니 이곳에서 대우를 받는 거라는 걸 모르다

니, 얼마나 멍청한가?

상황이 재미가 있는지 독존황이 말을 걸어온다.

—허허. 무림은 여전하구나. 내가 활동할 때와 다른 점이 없어.

[예. 상투적인 미친놈이라니까요? 호사가들의 말이 다 사실이었어요…… 하하.]

—상투적인 미친놈이라. 그거 좋구나. 예나 지금이나 저런 놈들은 왜 끊이지 않는 것인지 모르겠구나.

[그러니까요. 하기야 그래야 호사가들도 밥 벌어먹고 살지요.]

처음에는 당황을 하던 왕정도 지금의 상황을 즐기려고 가만히 있으려니, 이화가 나서서 입을 연다.

역시 답은 상투적이었다. 이화다운 무뚝뚝함이 있기도 했다.

"싫습니다."

"……하하. 사해가 동도라는 말이 있지 않습니까?"

"싫다고 했습니다."

적당히 자신의 신분을 밝히면 될 일인데 이화는 역시 이화다웠다.

"그래도……."

더 두고 보았다가는 호사가들이 말한 대로 대결이라도

벌여야 하는 게 아닌가 생각이 든 왕정이 결국 나섰다.

"저희가 긴히 할 이야기가 있어 그런 것이니 그만하시지
요."

"너는 뭐……엇."

분명 너는 뭐냐라고 했을 거다. 그러고는 왕정에게 덤벼
들다가 그대로 진창 깨질 놈이다.

'끝까지 상투적인 자식.'

이야기를 팔아 먹고사는 호사가들을 먹여 살리기 위한
놈이 있다면 딱 이놈이다. 타고난 상투적인 역할에 맞는 놈
이다!

싸우는 것도 귀찮은 일인 데다, 꼬락서니를 보아하니 어
차피 다음에 볼 놈이다.

객기나 부릴 어린 나이에 셋이서 몰려다는 것을 보고 있
노라면, 뻔히 곧 있을 학관에 입학할 놈들이기 때문이다.

보통은 같이 오는 손위의 어른이 동행을 하곤 한다.

하지만 지금 눈앞에 있는 셋처럼 실력도 별로 없으면서
객기를 부리는 것들은 자기들끼리 뭉쳐서 무림맹에 도달하
기도 한다.

도중에 어이없는 사고를 당하는 것들이 꼭 이런 놈들이
기도 했다.

하기야 이런 놈들이 사건 사고도 당하고, 이런저런 사고

도 쳐주니까 무림이 복잡하게 돌아가는 거 아니겠는가.

'은원도 얽히고 말이지…… 에휴. 좋은 곳에 태어나서 정신머리 없는 자식들.'

왕정은 그리 생각하면서 더 이상의 귀찮음을 없애고자 입을 열어 말했다.

"소생은…… 부족하나마 해골독협이라는 명호를 가지고 있습니다."

"헛……."

역시 왕정의 별호 정도는 들어봤다.

"상일운 소협과 함께 식사를 하는 것도 좋지만 오늘은 날이 아닌 듯싶습니다."

"그, 그렇습니까?"

"아쉽지만 다음에 자리를 갖는 것이 어떻겠습니까?"

"그, 러시다면야…… 알겠습니다."

생각해 보면 객잔에서 사건이 벌어지는 것도 다 힘을 숨기고 있는 놈들 때문이다.

어차피 상일운인가 뭔가 하는 놈처럼 생각이 없는 놈들은 어딜 가서나 사고를 치고 다닐 놈들이다.

원래 그렇게 되어 먹은 놈들이니까.

그런 놈들에게 맞춰줄 필요가 뭐 있겠는가? 손바닥도 양손이 부딪쳐야 박수가 나는 것이지 않던가?

괜히 막돼먹은 놈들하고 장단을 맞춰줘 봤자다.

'대충 별호만 말하면 다 넘어가는 것을······.'

왜 호사가들의 이야기 속에 등장하는 고수들은 객잔에서 시비가 붙어서 싸우고 하는지 이해가 안가는 그였다.

'그놈이 그놈이라니까는······'

융통성 있게 넘어가게 되면 일이 벌어질 리가 없는 것이다.

'그나저나 이화 누나도 융통성 좀 길러야겠어.'

이상한 면에서 완고하달까?

처음 그녀가 나서서 자신이 무림맹의 무사인 것만 밝혔어도 왕정이 나설 필요는 없었을 거다.

본래 이화에게 무언가를 꼬투리 잡거나, 가르치려고 드는 왕정은 아니었지만 오늘만큼은 가르침의 장을 열었다.

"누님."

"응?"

"자고로 사람이 융통성이라는 것은 말입니다. 세상이 부드럽게 돌아가게 하는······."

그렇게 한창을 두고 왕정의 강의 아닌 강의가 이어진다.

그 나름 이화를 신경 써서 하는 이야기지만 이화로서는 잔소리로밖에 느껴지지 않는 터.

하지만 여기서 말을 끊었다가는 더욱더 잔소리를 퍼부을

왕정인 것을 눈치 없는 이화도 알고 있었다.

왕정은 잘 모르지만, 이 녀석은 가까운 사람에게는 잔소리를 퍼붓는 습관 아닌 습관이 있었던 것이다.

어쨌거나 그렇게 둘은 사건이 벌어질 법도 하건만!! 너무도 평화롭게 무림맹에 도착하는 데 성공했다.

적당히 사건을 넘길 줄 아는 이놈을 두고 어떻게 이야기를 진행해야 할지 고민을 해 보는 일인이었다.

第十四章

무림맹

무림맹에 들어서면서부터 따로 보고를 하러 가야 하는 이화와 헤어지고, 시비의 안내를 받아 들어선 별관은 별세계였다.

"히야…… 이거 장난 아닌데요?"

—어지간한 관인들보다 더 낫게 사는 거 같구나.

처음에는 무림맹에 아무런 기대도 하지 않았던 왕정이다. 무림맹이 화려하게 꾸며봐야 얼마나 꾸미겠는가 하는 생각도 하고 있었다.

하지만 학관의 사부로 초빙되어 온 이에게 내어지는 별관을 보고 있자니 그런 말이 쏙 들어갔다.

다른 곳은 몰라도 적어도 이곳 별관만큼은 온갖 귀한 것들로 꾸며져 있음이 분명했다.

뭣 하나를 놓고 봐도 기운이 다르달까? 사치라는 분야에 대해서 잘은 모르는 그이지만, 여기는 정말 새로운 세상이었다.

—호오. 저건 운남에서도 거의 없다는 사목이 아니더냐?

"사목이요?"

—귀한 나무다. 재생력도 탁월하고, 쓰기에 따라서 무기로도 사용할 수 있을 정도의 것이다. 그런 게 고작해야 탁상에 쓰이다니. 허허.

"……이제 보니 무림맹도 돈이 꽤 많은 거 같네요."

다음부터는 백해단의 가격을 높여야 하는 것이 아닌가 생각이 드는 왕정이었다. 뜯을 만한 상대였던 것이다!

"그나저나 학관으로 가려면 따로 이동을 해야 한다고 했죠?"

—숭산이라고 이미 들어 알고 있지 않더냐.

아쉽게도 이곳에 머무를 만한 기간은 며칠 되지 않았다.

무림맹의 학관이라는 곳은 소림사가 있는 숭산의 부근에 따로 만들어져 있기 때문이다.

위치가 그곳인 이유는 표면상으로는 그곳의 기가 수련을 하기에 좋아서라고 하는데 그가 보기엔 개소리였다.

식견이 그리 넓지 않은 그이긴 했지만 거의 확신을 한달까?

학관이라고 하더라도 무림맹에 쓰일 무사를 키울 것이니 이왕이면 무림맹 가까이에 있는 게 좋은 건 당연한 이야기 아니겠는가.

그럼에도 무림맹보다는 소림사에 가까이 위치하게 만든 것을 보면 무슨 이유든, 다른 이유가 있어 그러한 것일 게다.

'뭐 머리 아픈 정치적인 일 같은 것이 있었겠지.'

괜히 위치를 옮겨가야 할 게 분명한 데다가, 스승이 있는 곳이라고 해도 이곳 별관만큼은 아늑하지가 않을 터다.

이런 별관에서 머물게 된 것도 호사라면 호사인데 얼마 느끼지 못할 것에 아쉬운 왕정이었다.

"며칠간만이라도 확실히 즐겨봐야겠죠. 후후."

─하기야 여기서 수련을 할 수도 없긴 하겠구나. 감시의 눈이 너무 많다.

[에…… 그래요? 음…… 그렇긴 하네요.]

독존황의 말을 듣고 집중을 해 보니 둘 정도가 자신을 감시하고 있었다. 통상적인 감시자일 게다.

아니면 자신에게 뭣 하나 얻을 게 없나 붙여 놓은 자일수도 있다.

오랜만에 휴식이려니 생각하고 한창을 침상에서 뒹굴어 보려고 하는 찰나. 새로운 인기척이 늘어났다.

"왕정!"

벌컥.

"흠흠…… 들어가도 되겠는가?"

오자마자 문을 열고 들어서는 아영. 그리고 어차피 반쯤 들어온 주제에 허락을 구하는 정우였다.

"에휴…… 들어와요. 들어와."

그렇게 왕정의 짧디짧은 호사는 막을 내리는 듯했다.

*   *   *

"침상 무너지겠네요."

"우왓. 나도 무림맹에 있으면서 여기가 궁금하긴 했다고."

"……에휴."

"뭐야아. 그런 한숨은! 누나가 이런 것도 즐겨보고 해야지!"

"예이. 예이."

아영은 뭐가 그리 좋은지 다 큰 처자인 주제에 침상에서 뒹굴뒹굴 하고 있었다.

무림맹의 무사임이 분명한 데다가, 꽤 높을 자리에 있을 것이 분명한 그녀가 저러는 것을 보면 이곳이 확실히 좋은 별관이긴 한 듯했다.

그런 아영을 그대로 둔 채로 탁상에 자리를 잡은 왕정과 정우 둘은 달리 할 말도 없는지라 침묵을 유지하고 있었다.

그런데.

"시간이 되면 잠시 대련을 하는 게 어떤가?"

"대련이요? 왜요?"

"아니, 대련에 이유가 왜 필요하나! 자네는 호승심도 없는가?"

다짜고짜 대련을 하라는 것도 웃기지만, 왕정은 정우의 말투에서 뭔가 이상함을 느꼈다.

"……뭐예요. 그 말투는? 의방에 있을 때랑 지금이랑 말투가 너무 다른데요?"

의방에 있을 때보다 뭔가 더 딱딱하고 경직되어 있는 말투였다.

"음…… 그건 다 사정이 있네."

실은 정우가 무림맹 내에서만큼은 그만의 분위기를 유지하느라 그런 것이지만, 그걸 어찌 설명을 할 수 있겠는가.

달리 말도 하지 못하고 입을 다무는 정우였다.

문제라면 왕정이 정우가 왜 분위기를 잡고 있는지를 대

충이나마 눈치를 챘다는 거다.

"헤에…… 하여간에 무림 사람들은 이상한 걸 많이 신경 쓰는 거 같다니까요."

"크흠…… 그래서 안 붙어 줄 건가?"

"에이. 정우 형. 싸움은 좋지 못한 거라고요."

결국 왕정의 말에 정우가 본래의 말투로 돌아 왔다.

"…….그게 무슨 개소리냐?"

"안 그래도 싸우자고 달려드는 놈들이 많은데 왜 사서 붙습니까? 귀찮아요. 안 해요."

"허…… 당가의 당이운과는 대련을 해 줬지 않느냐?"

"그거야 어쩔 수가 없었던 거죠. 게다가 이득도 됐었으니까요."

"가끔이지만…… 너무 계산적이라는 생각, 안 드나?"

정우의 물음에 침대에서 뒹굴고 있던 아영이 대신 대답을 해 줬다.

"쟤 원래 저래. 차라리 뭐 귀한 거 하나 구해서 대련해달라고 하면 대련 해 줄걸?"

"진짜냐?"

아영의 말에 왕정에게 되묻는 정우다. 그 말에 왕정은 바로 고개를 끄덕이면서 동의를 표했다.

"뭐라도 이득이 있어야죠. 암요."

"허어…… 뭐 이런……."

아마 뒷말은 뭐 이런 자식이 무림인이지 하는 게 아닐까?

잠시 뜸을 들이던 정우가 조건을 붙여서라도 한판 붙고 싶었는지 결국에는 무언가를 제시했다.

"금자 십 냥 어떠냐?"

"에게? 고작 그거요?"

고작 금자 열 냥이라니. 돈을 쉽게 쉽게 벌어대고 있는 왕정으로서는 달리 흥미가 생기지 않는 액수였다.

하지만 그런 반응에 월봉쟁이 정우로서는 화가 올라올 수밖에 없었다.

"……내 네 달 월봉이다."

"그래도…… 으음……."

왕정이 계속해서 뜸을 들이자 결국 화가 난 정우다.

금자 열 냥을 벌려면 네 달을 굴러야 한다. 그것도 온갖 위험하고 음습한 무림의 일을 처리해 가면서!

때로는 무림공적이라고 하는 것들을 처리하고 부상도 얻어가며 벌어들인 돈이 금자 열 냥이나 되는 돈이다.

그런데 그걸 얼마 안 되는 돈으로 치부를 하다니! 월봉쟁이로서 화가 나지 않을 수 없었다!

지금의 분노는 월봉을 받고 사는 모든 이들의 분노나 마찬가지였다.

"그냥 여기서 바로 시작할까? 아니면 조용한 곳에서 열 냥을 받고 할까? 응?"

"……할게요."

비무 성립이다.

*   *   *

"바로 간다."

"으엑!"

정우는 조용한 비무장에 오자마자 분노가 폭발했는지 검을 빼어 들고는 바로 달려들기 시작했다.

월봉쟁이의 한이 아니더라도 지금의 대련을 꽤 오래 기다리고 있었던 듯하다.

하기야 왕정이 당이운을 상대로 승리를 한 소식을 듣고 호승심에 불타오르던 정우가 아니던가.

그와 한판 붙을 날만을 기다리며 열심히 검을 갈고 닦았던 이가 바로 그다.

왕정이 침을 포함하여 여러 방식으로 수련을 하고 있던 동안, 그도 피를 깎는 고련을 했던 것이다.

환검을 주무기로 사용하는 그의 고혼일검(孤魂一劍)이 왕정을 향해 쏟아지기 시작했다.

검 하나, 하나가 전에 없었던 강한 기세를 내포하고 있었기에 왕정으로서도 쉽게 받아주기 힘든 검이었다.

"으아. 저는 독공을 사용한다고요!"

게다가 왕정은 독공을 사용하지 않던가. 이미 안면을 익힌 정우에게 강한 독을 사용하기도 애매했다.

있다면?

"아. 그럼 저도 사정 안 봐줍니다!"

그래. 마비 독 정도는 있었다. 하지만 마비 독을 쓰기도 전에 정우의 행동이 먼저 시작되었다.

"얼마든지!"

그에 대한 대비를 미리 했던 것인지 정우도 기세등등하게 왕정에게 환검을 흩뿌리며 달려들고 있었다.

본래 검을 든 자의 경우 적당한 거리를 유지하여 상대를 해야 하지만, 왕정의 경우에는 그 예외로 여긴 듯했다.

왕정이 하독을 하기 이전에 속전속결로 대련을 끝내려고 마음을 먹은 것이다.

이런 경우에는 거리 따위 사치다!

"으아압!"

운환지로(運幻支路)!

쉼 없이 회전을 하듯 다가서는 정우의 검이 왕정의 가슴

팍에 작렬하려는 찰나.

수우욱!

왕정은 검의 길을 미리 알고 있었다는 듯 순식간에 정우로부터 거리를 벌린다.

"무슨?"

정우로서는 순간 당황을 할 수밖에 없었다. 그가 알기로 왕정은 독공을 장기로 하는 자지 경공을 장기로 하는 자가 아니다.

그런데 순간적으로 경공을 장기로 하는 아영만큼의 속도를 냈다. 아니, 순간 속도로만 놓고 보면 그 이상일지도 모른다.

아무리 왕정이 실력이 늘었다지만, 그건 독공에 한정되는 것이 아니던가!

그런데 이 녀석은 못 본 사이에 약했던 경공마저도 늘었다. 이리 돼서야 정우로서도 승산이 희박했다.

그가 왕정을 상대로 승부를 걸었던 것은 풍부한 초식과 경험을 이용한 단기전이었으니까!

"헤에. 저도 꽤 노력했다고요."

"경공을 익힌 거냐?"

"후후. 그거야 이번에도 영업 비밀입니다요."

처음 대련을 벌여서 자신을 농락할 때도 저런 말을 하더니 이번에도 마찬가지인 왕정이다.

왕정으로서는 장난 삼아 하는 말이겠지만, 두 번이나 영업 비밀이라는 말을 듣는 정우로서는 열불이 뻗칠 수밖에 없었다.

"젠장. 전이나 지금이나!"

그의 고혼일검이 다시금 왕정을 가르기 위해 다가간다.

"어딜요!"

그걸 그대로 피하는 것을 재현하는 데 성공하는 왕정이었다.

'한 번이 안 되면……'

두 번이고 세 번이고 될 때까지 한다.

남궁가의 서자로 태어나 그가 이 자리에까지 올라설 수 있었던 것은 몇 번이고 노력하는 자세 덕분이지 않던가!

어느덧 월봉쟁이의 한으로 시작되었던 그의 비무는 그의 일생의 한까지 담겨지게 되었다.

자신보다 어린 주제에 더욱 실력을 쌓아가며 상승가도를 그리고 있는 왕정에 대한 질시 또한 담겨 있을지도 모르겠다.

'꽤 본격적인데?'

순간적으로 다리에 있는 경락들을 구체화시킨 '침'을 이용해 경공을 강화했던 왕정으로서도 놀랄 만한 기세였다.

자신은 새로운 무공 기술을 익혔다고 자랑하듯 보여준 것인데 정우로서는 되려 승부욕에 불타는 것 같았다.

　'그렇다면 나도 질 수는 없겠지.'

　강한 독을 사용하면 금방 이길 수도 있을 터. 본래 쓰려고 했던 마비 독을 사용하기만 해도 금방 결투를 끝낼 수 있을지도 모른다.

　하지만 왠지 지금 그래서는 되지 않을 것 같았다.

　정우의 무언가가 담긴 저 검을 그저 독으로 막으면 안 될 것만 같았다.

　저 검에 무엇이 담긴 것인지는 몰라도, 대련자로서, 인연이 닿은 동생으로서 받아줘야만 했다.

　이성은 이유를 모르겠지만, 검을 받아내야 하는 가슴이 그리 말한다.

　'해 보자.'

　비록 독공에 비해서 권법은 약할지라도, 구체화시킨 독을 이용한 것이 아닐지라도 해낼 수 있을 거다.

　지금까지 배워왔던 것을 응용하고 강화시킨다면!

　구체화시킨 침들이 그의 몸 곳곳에 파고든다. 일시적이지만 그의 몸을 강화시켜 줄 수 있는 침이다.

　"흡……."

　물론 약간은 무리를 한 게다.

아직 침술의 경지가 깊은 것도 아닌 데다가, 정의문의 비전을 아칠을 통해서 배운 것도 아니지 않는가.

자신의 응용력에 독존황과의 연구를 더해서 발전을 시켜 나간 것이라고는 하지만 그 기간이 아직 짧았다.

무리를 해서 강화를 한 것이니 며칠 후유증이 있을지도 몰랐다. 그래도 지금만큼은 상관없었다.

"갑니다!"

"와라!"

지금 이 순간만큼은 정우의 가슴에 담겨 있는 그 무언가를 받아줘야 했다.

왕정과 정우. 무언가에 불타올라 버린 사내들이 정면으로 붙는다!

힘 대 힘! 무공 대 무공! 육체와 육체!

쌓여 있던 그 무언가를 터트리는 둘!

금자에 대한 생각도, 자신들의 위치에 대한 생각도, 그 무엇도 없었다. 그저 부딪침에서 나오는 황홀경에 함께할 뿐.

"으아아압! 끝이 아니다!"

"얼마든지요!"

몸을 강화시킨 왕정과 고혼일검만을 닦아 극을 향해 가는 정우가 함께 부딪친다.

콰아아아아아아앙!

둘 모두 완성된 강기를 쓸 경지는 아니기에, 생각 이상의 폭음이 터졌다. 되려 어느 한쪽이 압도적으로 강했다면 나지 못했을 폭음이다.

처음의 목적은 어디론가 간 채로 서로 열을 올리며 하염없이 붙는 둘이었다.

누군가 말리지 않는다면 저 둘은 내공이 고갈될 때까지 붙을 것이 분명했다.

그 무언가에 불타는 남자들이란 언제나 그러했다.

"남자들이란…… 휴우…… 그나저나 꽤 강한데?"

말은 그리해도 그런 둘을 보면서 조심스레 호승심을 불태우는 아영이었다. 그녀 또한 한 명의 무인으로서 둘의 대결에서 무언가를 느끼고 있는 것이리라.

* * *

무림맹 내부에서 일어나는 일은 맹의 수뇌라면 당연히 알아야 했다.

당연하게도 왕정과 정우가 벌인 대결에 대해서도 무림맹의 수뇌들에게 보고가 들어갔다. 내부의 일이기에 그 속도가 더욱 빨랐다.

"오자마자 흑무 정우와 한판 벌였다고 합니다."

"호오…… 그 아이와요?"

"예. 승자는 해골독협이랍니다."

"그야 당연하겠지요."

흑무 정우. 이십 대라는 나이에 절정고수에 이른 자이며 맹의 궂은일을 처리해 주는 충성스러운 자다.

비록 정우가 왕정에게 패배한 것이 아쉽기는 하지만 독공의 고수를 상대로 절정이 이기는 것은 힘든 일인 게 당연했다.

초절정 이전에는 독이라는 것에 대응하는 것 자체가 보통 힘든 일이 아니다.

그러니 왕정이 만들어서 파는 백해단이 비싼 가격을 받는 것이었다. 일정 경지까지는 독을 이겨내기 힘드니까.

그렇다고 초절정의 고수들이 찍어내듯이 나오는 것도 아니지 않는가?

아쉽지만 당연히 절정까지는 독공을 사용하는자가 여타 무공들에 비해 강할 수밖에 없었다.

그나마 초절정 고수쯤 되면 자신의 기를 이용하여, 독에 대한 저항력을 크게 높일 수 있기에 독공에게 한계가 있는 게 다행이라면 다행이었다.

아니면 살수 문파들에서 주로 하는 것처럼 독에 대한 저항 훈련을 하면 독에 대해 좀 더 버틸 수가 있게 된다.

"어차피 잘됐네. 이참에 학관에서 독공 대비 훈련 겸 저항력 강화 훈련도 하지 않는가."

전대 정의대 대주이자 정의문 수호 장로인 완헌으로서는 이번 일도 기회라고 생각했다.

그런데 그의 말을 뒤이어서 들려오는 대답은 전혀 의외의 것이었다.

"독에 의해서 패배한 것이 아니었답니다."

"뭣이? 다시 말해 보게나."

"왕정이란 자는 흑무 정우를 독으로 꺾은 것이 아니었답니다. 듣기로 권법을……."

왕정은 독을 이용해서 당가의 당이운을 꺾은 자였다.

알려지기로 그의 나이가 아직 십 대 후반이니, 독공 하나만을 익힐 시간만으로도 부족했을 거다.

그 정도의 경지에 올라가기 위해서는 많은 고련을 해야할 테니까. 재능이 있더라도 이는 마찬가지다.

그런데 독공이 아니라 권법을 사용해서 정우를 꺾었다고?

완헌으로서는 당황을 할 수밖에 없었다. 왕정이 독공에 이어 권법에까지 재능이 있다면 모든 계산을 다시 해야 했다.

백해단 분석을 위해서 이용을 해야 할 자가 아니라, 처음부터 그에 대한 계획을 전면 수정해야 할지도 몰랐다.

그는 놀라움을 감추지 않고 다시금 물었다.

"정말인가?"

"예. 저 또한 여러 번 확인했으나 사실입니다."

"허어…… 독으로 당가의 비전 독을 이겨낼 수 있을 정도에, 권법으로는 정우를 이겨낸다라."

실상은 왕정이 침술을 응용하는 방식으로 일시적으로 무력을 강화한 덕분에 정우를 이길 수 있었던 것이다.

게다가 결국 마지막에는 밀리다 못해 마비 독을 '몰래' 사용하기까지 했다.

덕분에 일시적으로 정우의 몸이 경직되었고, 그 틈을 이용해서 권법으로 정우를 꺾은 왕정이었다.

하지만 이것은 오직 정우만 알고 있는 사실이었다.

대결의 당사자가 아니고서야 관찰을 하기 힘든 상황이었 달까? 때문에 이런 오해가 빚어지는 것이다.

제대로 알았다고는 해도 분명 왕정에 대한 평가를 상승시켜야 하겠지만, 지금처럼 놀랄 정도는 아니라는 소리다.

"회의를 다시금 소집을 해야겠군."

"……준비하겠습니다."

"일단은 회의가 끝날 때까지는 불문에 붙이게나. 그때

결정을 내려야 하겠지.”

자신들이 내린 평가 이상의 기재라면 결론은 둘 중 하나로 내려지게 될 거다.

무림맹에 완전히 품거나, 그게 아니면 팽을 하거나 해야 했다. 그게 무림의 방식이었으니까.

‘이왕이면 인재는 품는 것이 좋은데…….’

완헌으로서도 맹의 발전을 생각하는 형편이기에 왕정에 대해서는 품는 방향을 생각하고 있었다.

하지만 어디 사람 일이 마음대로 되는 일이던가.

특히나 당가의 경우에는 지난 대련을 이유로 왕정에게 제대로 독기를 품고 있었다. 왕정을 품기 위해서는 당가도 설득을 해야 한다는 소리다.

게다가 왕정의 경우에는 정파 무인이라는 인식도 희박하다는 보고가 있지 않았던가.

‘넘어야 할 산이 많군.’

시름에 잠기는 완헌이었다.

第十五章

학관에 가다

왕정에 처우에 관한 일은 당장에 해결될 만한 일이 아니었다.

회의를 조심스럽게 소집을 하는 것도 시일이 걸렸고, 그에 대한 일을 진행하는데도 시간이 걸릴 수밖에 없었다.

애시 당초 무림맹이라는 단체가, 하나의 조직이되 많은 이들이 이끌어나가기에 벌어지는 일이었다.

때문에 왕정은 자신에게 무슨 일이 일어나고 있는지도 모르는 채로 학관에 도착했다.

"햐…… 여기도 뭐 그리 나쁘지는 않네요."

─무림맹의 핵심은 아니더라도 그들의 수발을 들어 줄

자들을 키우는 곳이 아니더냐. 당연하다.

"흐음…… 수발이라고 하니 표현이 좀 그렇긴 하네요. 사실이지만요."

무림맹의 수뇌가 되는 자들 중에 이곳 출신은 거의 없다시피 하다. 세대에 따라 잘해야 하나나 둘 정도다.

지금의 수뇌들 중에서도 순수하게 이 학관에서 키운 자라고는 딱 한 명밖에 없다.

권철성(拳鐵星) 관언이 그 주인공이다.

그는 중소문파에서 기본을 배운 것을 제외하고는 모두 이곳에서 갈고 닦아서 무림의 수뇌가 되는 데 성공했다.

그 외에는 대다수 구파일방이나 오대세가의 출신을 가진 자들이 무림맹 수뇌 자리를 차지하고 있을 뿐이다.

무림맹의 성립 자체가 구파일방과 오대세가에 의해 이뤄진 일이니 당연한 걸지도 모르겠다. 중소 문파야 언제나 덤 취급이기도 했다.

비록 한 명이라고는 해도 수뇌가 될 수 있는 것은 꽤나 굉장한 혜택이었다.

대문파 출신이 아니고서야 수뇌가 될 수 있는 기회는 여기가 유일하다고 할 수 있을 정도다.

꼭 수뇌가 되는 것이 아니라고 하더라도 정파에서 이름을 날리는 고수도 이곳 출신이 많았다.

그러니 매년 학관에는 많은 이들이 지원을 해 왔다.

이름을 날리는 것이나 수뇌가 되려는 이유가 아닌 것으로도 지원을 하는 자들도 있긴 했다.

구파일방이나 오대세가의 사람들이 이곳 학관 출신의 무사들을 자신의 세력화하기 위해서 매년 몇씩은 보내기 때문이다.

이런저런 이유로 성황인 학관에 발을 들인 왕정이다.

"우선은 저는 스승으로 초빙된 것이니까…… 당분간은 자유인 거겠죠?"

─아영이라는 여아가 확인해 주지 않았더냐.

"아무래도 혹시란 게 있긴 하니까요. 그럼 계획대로 움직여 보죠."

이곳에 온 것 자체가 독존황의 입김이 크게 들어간 터. 왕정은 독존황이 세운 계획에 맞춰 움직이기 시작했다.

*　　　*　　　*

─당장 깨달음을 얻지 못한다면 좀 돌아서 가도록 하자.

홀로 하는 수련에는 한계가 있는 게 당연했다.

게다가 아무리 좋은 스승이 있다고 하더라도 절정의 경지에서부터는 끊임없는 노력과 경험에 운까지 필요로 했다.

처음에는 본질은 수련에 있다면서 끊임없이 강해지라고 요구하던 독존황이었다.

하지만 근래에 들어서는 홀로 수련을 하는 것만으로는 되지도 않는 데다가, 왕정에게는 경험이 필요하다는 것을 느끼기도 한 그였다.

해서 그는 무당의 도사로부터 왕정이 초빙을 받자마자 바로 허락을 하라고 한 것이다. 이곳만큼 식견을 쌓을 만한 곳도 없고, 많은 경험을 할 만한 곳도 없다고 여겼으니까.

게다가 그가 생각하기에 왕정을 위해서는 이곳에 오는 게 맞았다.

그가 채워주지 못할 것을 이곳에서라면 채울 수 있을 것이기 때문이다. 그 근거는 자신이 무림을 종횡했을 때의 학관에 대해 가지고 있었던 지식이었다.

독존황이 아는 것에서 많이 달라지지 않았다면, 이곳에서 왕정은 경험을 얻는 것은 물론이고 새로운 많은 것을 얻을 수 있다.

'응용력만큼은 나 이상인 녀석이니 분명 될 것이다.'

왕정은 무재로서는 자신보다 훨씬 낮은 재능을 가지고 있었다.

그럼에도 빠르게 강해질 수 있었던 것은 그 특유의 응용력을 지닌 덕분이다.

사냥법과 독공을 조화시키는 것으로 높은 살상력을 얻은 것이 첫째 증거다.

둘째의 증거는 비록 마지막에는 독을 사용했지만, 침술을 활용하여 잠시나마 정우와 대등하게 대결을 한 것이다.

새로운 분야에 대한 지식만 왕정이 더 쌓게 된다면, 그 경지가 깊지 않더라도 새로운 힘을 얻을 수 있을 거다.

이왕이면 독공 그 자체의 경지가 올라갔으면 하지만 절정에서 초절정의 벽이 낮지는 않잖은가.

왕정이 조용히 수련만할 환경도 아니니, 상황에 맞춰서 왕정을 위한 새로운 계획을 세워준 것이다.

'이곳에서라면⋯⋯.'

무림맹의 무사를 가르치기 위해서 많은 무공을 놓은 곳이 이곳이다. 이곳에서라면 많은 종류를 섭렵할 수 있을 터.

이를 통해서 왕정은 분명 강해질 수 있을 거다.

—서고를 뒤져서 최대한 많은 것들을 배우거라.

"예. 그래야죠. 그러려고 온 거잖아요."

—이 할애비가 가르쳐 주고 싶지만⋯⋯ 생전에 독공과 권법밖에 익힌 게 없으니 미안하구나.

"에이⋯⋯ 할아버지야 그걸로도 충분했잖아요. 제가 타고난 재능이 없으니 어쩔 수 없죠 뭐."

—크흠⋯⋯

"그나저나 대련도 많이 보라고 했죠? 정말 보기만 해도 식견이 느는 거예요?"

—그렇다.

"그런 식으로 하면 보는 것만으로도 다들 고수가 될 수 있는 거잖아요?"

—낮은 경지에는 그러지를 못한다. 상대가 오의를 보여도 그를 눈치채기도 힘드니까.

"흐음…… 그래도 뭔가 좀…….'"

—믿거나. 특히나 너 같은 경우에는 워낙 다른 무공들을 못 보지 않았더냐. 십팔반 병기도 다룰 줄 모를 정도이니 말이다.

"그거야 가르쳐 줄 사람이 없었으니까요."

—그게 네가 초절정의 벽을 크게 느끼는 이유일지도 모른다. 많은 이들의 무공을 보고 섭렵하면 분명 더 나아갈 수 있을 거다.

이곳에서라면 독존황의 계획대로 왕정에게 부족한 점들을 분명 채울 수 있으리라.

"정말 그랬으면 좋겠네요. 엇. 저기가 서고인가 본데요?"

—들어가자꾸나.

"예!"

일단 시작은 서고부터다.

*　　　*　　　*

아직 학관이 제대로 개원을 하지 않은 데다가, 학관에 들어서는 자들을 위한 예선이 치러지고 있는 게 현재다.

학생들을 받아들이고, 우열반과 열등반을 가리면서, 수업에 관한 걸 정리하기까지는 시간이 꽤 걸릴 게다.

이를 달리 말하면 그가 학관에 초빙되어 오기는 했지만 한 달 정도는 시간을 벌었다는 말이기도 했다.

그런 여유 시간에 대다수의 스승들은 어떻게 수업을 해야 할지를 고민하고 있었지만 왕정은 아니었다.

그는 독에 관한 강화 훈련과 비무시 참관을 제외하고는 다른 일은 맡지 않는 것으로 미리 합의를 보았다.

당시 무림맹의 입장에서도 왕정이 자유시간을 가지면 그 행동을 보고 분석할 것도 많다고 여긴지라 이를 허락해 줬다.

덕분에 학관 내에서 만큼은 가장 한가하다고 할 수 있는 왕정은 서고를 보고 한창 감탄을 하고 있었다.

"많네요."

―확실히 기초긴 하지만 많긴 하구나.

낙성검. 풍언운보. 태극권. 삼재검법. 진성환도.

이름만 들어봐서는 굉장한 무공들이 서재에는 즐비하게 꽂혀 있었다.

하지만 대다수가 진의가 빠져 있는 것이거나 이미 파훼법이 공개된 그런 무공들이었다.

"정말 이게 다 기초무공일까요?"

—아니다. 단순하다고 알려진 삼재검법만 하더라도 제대로 대성을 하면 막을 자가 없었다.

"그런데도 왜 이런 취급을 받는 거예요?"

—말했듯이 대성을 하기 전까지는 제대로 위력을 보이기가 힘든 게 기초무공이라 알려진 것들이다.

"그래요?"

—삼재검법만 하더라도 오의를 깨닫지 못하면 제대로 된 검법이 되지 못하기도 한다. 그렇다고 대성이 쉬운 건 아니지 않더냐?

"……예. 아무래도 그렇죠?"

왕정만 하더라도 독공을 쉽게 대성을 할 수 있었더라면 귀찮게 학관까지 오거나 하지 않았을 거다.

뭐든지 대성이란 게 쉬울 리가 없었다.

—그런 거다. 게다가 이 무공들은 이미 파해법까지 알려질 대로 알려져 있으니 더욱 문제다.

"그러니까 대성을 할 때까지는 알려진 파해법에 당할 수밖에 없다는 거네요?"

　—그렇다.

"흐음…… 뭐 대성은 죽을 때까지 하지 못할 수도 있고.
그렇다고…… 익히자니 금방 깨지니…… 이해는 가네요.
엇?"

왕정이 기초무공에 대한 이야기나 무공의 급수에 대해서
한창 강의를 듣고 있을 찰나. 서재에는 생각지 못한 인기척
이 있었다.

혼자서 있다고 여겼기에 전음을 사용하지 않고 독존황과
이야기를 나눴던 왕정으로서는 당황스러운 상황이었다.

"저어기……."

모습을 드러낸 이는 여인이었다.

나이는 이화와 얼추 비슷한 정도로 보였는데, 태양빛에
노출될 일이 없었던 건지 본래 타고난 것인지 아주 새하얀
피부를 하고 있는 그녀였다.

왕정은 의원 아칠이 남자면서 가장 하얀 피부를 가졌다고
여겼는데 그녀는 그 이상이었다.

다른 사람이라면 그런 하얀 피부가 징그러울 법도 하건
만, 워낙에 청초한 외모를 가진 덕분인지 아주 새하얀 피부
조차 매력적으로 보이는 여인이었다.

타고난 여리여리함에 뭇 남성들이라면 당장에 품에 안고

싶을 만한 그런 여인이다.

"예?"

그녀가 조심스레 말한다.

"……서고를 맡고 있는 제갈혜미라고 해요. 혹 실례가 안 된다면 조금만 정숙을…….'

"아…… 죄송합니다!"

"예에…… 그럼 부탁드릴게요."

"옙!"

왕정으로서는 이에 대해서 더 할 말이 없는지라, 그녀에게 사과를 할 뿐이었다.

아마 왕정이 아닌 다른 이었다면 제갈혜미라는 이름을 듣고 꽤 놀랐을 것이다. 왕정보다 어린 나이에도 이름을 드날렸던 그녀니까.

무공은 아직 높은 경지에 이르지 않은 그녀지만, 진법과 기관에 관해서 만큼은 타고난 천재가 그녀다.

당대의 제갈가의 가주 제갈운조차도 자신을 뛰어넘는 희대의 천재라 인정했을 정도다.

평상시에는 조금 맹한 구석이 엿보일 때가 있지만, 기관과 진에 대해 논할 때면 확 달라지는 여인이다.

이번에 학관의 기관 진식 스승으로 초빙이 된다고 하더니, 그녀도 미리 와있던 듯하다. 평상시 책을 좋아 하는 성격대로 가장 먼저 서고에 온 것이 뻔했다.

그녀를 아는 이들이라면 그럼 그렇지 하고 말할 거다.

하지만 그녀에 대해서 이름을 듣기는커녕, 무림사에 아직 제대로 파악치 못한 왕정으로서는 그녀가 어떤 존재인지는 알 바 아니었다.

당장의 민망함과 왠지 모르게 혼잣말을 하는 우스꽝스러운 모습을 보였다는 것이 중요했다.

'민망하네……. 다음부터는 좀 주의해야겠군. 일단은…… 읽어보기 시작할까.'

사라락. 사락.

어느덧 서고 안에는 제갈혜미와 왕정의 책을 보는 소리만이 가득 채워지고 있었다.

*   *   *

당가의 대표로 무림맹의 수뇌 자리를 하나 차지하고 있는 당기선이 크게 외친다.

"안 됩니다! 절대로 불가요!"

얼굴이 붉게 달아오른 데다가, 완고해 보이기까지 하는 목소리를 듣고 있자면 꽤 분노를 한 듯했다.

"그렇다고는 해도…… 그 정도의 무위라면……."

"허어. 저는 당가의 사람입니다!"

"그래도……."

완헌이 애써 말해 보지만 당기선은 완고했다.

"조금만 헤아려주시지요."

"일 없습니다!"

결국 오늘도 일을 해결하지 못할 것이라고 여긴 완헌이 한 발 물러났다.

"조금만 더 생각해 보시길 기원하겠습니다. 일단 오늘은 이만 하지요."

"…….얼마의 시간이 지나가도 바뀔 것은 없을 겁니다."

"허허…… 이거 참."

완헌이 허무한 웃음을 흘리면서 일단은 물러난다.

회의실에 자리를 잡고 있던 무림맹의 나머지 수뇌들은 별달리 말을 하지 않은 채로 함께 물러났다.

완헌의 말이 정론인 것을 알고는 있지만, 이런저런 이유로 서로 묶여 있다 보니 별달리 발언을 하지 않고 있는 것이다.

차라리 사파에 관한 일이라면 의견이 쉽게 일치될 테지만, 이런 일은 되려 복잡했다.

왕정을 무림맹에 정식으로 받아들인다는 안건 같은 것은 그에 대한 이해관계로 당가가 직접 엮여 있기 때문이다.

차라리 당가가 지난 대련에서 승리를 했었다면 모르겠지만, 패배를 했으니 더욱더 복잡했다.

"크흠……."

가장 마지막에까지 남게 된 당가 장로 당기선은 깊은 고민에 빠져 있었다. 당장에 회의실을 나서야 할 텐데도 몸을 움직이지 않는 그였다.

평상시 호쾌하다 싶을 성격을 가진 그가 보이는 모습이라고는 전혀 어울리지 않는 태도다.

'역시 형님이 말한 대로 해야 하는가…… 영 내키지는 않는데…….'

하기야 그로서도 고민이 깊을 수밖에 없을 것이다.

현재의 상황이 자신들에게 맞지 않는 것을 알지만, 지금부터 그가 벌이려는 일은 그의 성미에도 맞지 않는 일이었다.

앞에서 나서 일을 해결했으면 해결했지 이런 식으로 뒷공작을 벌이는 취미는 없는 그이기 때문이다.

하지만 개인이 싫다고 하더라도 가문이 필요로 하는 경우에는 나서야 하는 것이 가문의 일원으로서 당연한 일이었다.

"에힝…… 그때 이기기만 했어도……."

애써 지난날을 탓해 보지만 움직여야 한다는 것을 알고

있는 그다.

결국 망부석같이 회의장 한 켠을 차지하고 있던 그도 몸을 일으켰다. 그런 그가 이동하는 곳은 원래 있어야 할 그의 집무실이 아닌 무리맹의 외부였다.

그가 향하고 있는 곳은 무림맹 덕분에 화려하게 번성을 하고 있는 신밀의 아주 외진 곳이었다.

나라님도 해결하기 힘들다는 하층민들이 있는 곳에 그가 발을 디디는 것은 왠지 모르게 어색할 수밖에 없었다.

눈에 띄는 화려한 복식을 하고 있는 것도 그 이유지만, 그라는 사람 자체가 이곳과는 별로 어울리지 않았다.

하지만 그는 이곳에 온 게 처음은 아닌 듯 익숙한 몸놀림으로 목적지를 향해 나갈 뿐이었다.

결국 그가 도착한 곳은 처참함을 간직하다 못해, 진즉에 무너질 것 같은 어떤 토굴의 안이었다.

"크흠…… 있는가?"

"예."

그가 누군가를 부르자 안에서부터 목소리가 들려왔다.

짧은 대답이었음에도 목소리에서부터 거부감이 느껴지는 것이 특징인 이상한 사내였다.

터벅.

허나 의외로 목소리 뒤에 들어선 그의 모습을 보고 있노라면 유흥가의 기생들을 홀릴 만한 외모를 가진 특이한 자였다.

사람이 단번에 거부감을 느낄 목소리와 사람을 홀릴 모습을 동시에 가지고 있는 사내인 것이다.

두 가지의 반전 어린 모습을 가진 이에게 호기심을 느낄 법도 하건만 당기선은 자신의 할 말을 할 뿐이었다.

눈앞의 사내가 왜 이런 목소리를 가지게 된 것인지, 왜 이런 곳에서 지내는지 모든 것을 아는 그로서는 거 궁금할 것도 없었기에 가능한 태도였다.

그래도 뭔가 안타까움이 묻어나오는 눈을 하고 있는 것을 보아하니 사연이 없지는 않은 듯했다.

"본가의 일을 진행해야 할 듯허이."

"……기다렸습니다."

사내가 처리해야 할 일은 보통 일이 아니다. 이미 목숨을 내놓고 해야 할 일일지도 모른다. 아니, 내놓아야 할 것이다.

세간의 주목을 받고 있는 해골독협에 관련되어 있는 일이니까.

결국 당기선도 어쩔 수 없이 이런 일을 행하게 된 것이다. 계획은 본가에서 한 것이나 실행은 자신이 하는 것이기에 속이 쓰린 당기운이었다.

그가 애써 되지도 않는 말을 해본다.

"이번 일만 잘 처리를 해 주면⋯⋯."

"됐습니다. 쓸데없는 희망은 필요 없습니다."

하지만 일을 시행해야 하는 사내로서는 희망 따위는 없는
듯했다. 현실을 당기선보다 잘 알고 있는 것이다.

"⋯⋯미안하네."

"⋯⋯."

사내는 그저 침묵을 유지한 채로 몸을 움직여 다시 토굴
안으로 들어섰다. 그만 가라는 그의 축객령이다.

아마 사내가 다시 이곳을 벗어나는 때는 일을 시행하는
때가 될 터.

'미안하네⋯⋯.'

당기선은 안타까운 표정을 한 채로 애써 왔던 토굴에서
벗어났다.

왕정이 새로운 힘을 쌓아가고 있는 사이, 그에게 또 다른
암계가 시작되어 가고 있었다.

〈다음 권에 계속〉

박정수 판타지 장편소설

FANTASYSTORY & ADVENTURE

뱀파이어
무림에 가다

인간으로서 숨 쉬는 법을 잊었으나 잊지 않으려는 자,
핏줄의 계보를 거슬러 어둠의 일족이 된 자,
붉은 눈의 그림자이며, 야현이라 불리는 자,
그가 무림으로 돌아왔다!

핏빛 눈동자로 연주하는
공포의 선율, 죽음의 송가!

뱀파이어로서 다시 무림에 발을 들인 그날에도
다만 운명은, 찬연히 빛날 따름이었다.

★
dream
books
드림북스

天下第一
천하제일

ORIENTAL FANTASY STORY & ADVENTURE

장영훈 신무협 장편소설

완전판으로 돌아온 NAVER 웹소설
무협 부문 최고의 인기작!

1년 후, 강호가 멸망한다.
그것을 막을 자는 인시에 태어난 이화운뿐.
그를 찾아 위기에 빠진 강호를 구하라!

미모와 실력을 겸비한 여인 설수린, 수수께끼의 사내 이화운.
예견된 운명을 뒤집으려는 그들의 파란만장한 여정이 시작된다.

★
'eam
ooks
림북스

사도연 신무협 장편소설

ORIENTAL FANTASY STORY & ADVENTURE

용을 삼킨 검

『천마본기』의 작가!
사도연 신무협 장편소설!

"우리 성아는 커서 뭐가 되고 싶니?"
"영웅! 세상을 구하고 누나도 지키는 멋있는 영웅!"
하지만…… 세상은 나를 영웅이 아닌 악마로 만들었다.

dream
books
드림북스